제리엄 게임판타지 장편소설
WISHBOOKS GAME FANTASY STORY

힐통령 ③

태양의 사제

힐통령

태양의 사제

CONTENTS

17장
웰컴 투 더 오크 월드

오크의 초원에 대한 사람들의 평범한 인식은 보통 이렇다.

┗오크의 초원? 아아, 글렌데일에 있는 사냥터? 거기 오크 잘 나오지, 경험치도 잘 주고.

┗지금 랭커 중에서도 오크 안 잡아본 놈은 몇 명 없을걸?

┗그런데 갑자기 그딴 건 왜 물어? 뭐, 거기 가면 오크 많이 볼 수 있냐고? 이거 완전 미친놈 아니여?

┗묻지도 말고 따지지도 말고 거기서 일주일만 사냥해 봐. 꿈에서도 오크 놈들이 기어 나올걸.

┃일주일까지 필요 없을 것 같은데, 사흘 본다.

대부분의 유저가 필수적으로 거쳐 갈 만큼 경험치를 잘 주는 아주 훌륭한 사냥터!

하지만 동시에 다시는 가고 싶지 않은 사냥터 랭킹 7위라는 불명예도 가지고 있었다. 그 이유는 간단했다.

└거기가 왜 싫냐고? 거기 가면 오크가 많거든.

└그냥 많은 게 아니야, 미치도록 많지. 정신병 걸릴 것 같아.

└한 3일 정도 사냥하니까 똥 싸는데 귓가에서 취익, 취익 소리 들리더라. 개깜놀.

└거울 보니까 막 오크의 모습이 아른거리는 것 같아.

└그건 님이 못생겨서 그런 듯.

└근데 아예 부락까지 쳐들어가서 오크를 토벌한다고? 그게 가능한가?

└뭐야, 그럼 거의 전쟁 수준이잖아? 재미있겠네. 라이브 방송 몇 번 채널에서 하냐?

└공식적으로 편성된 방송은 없어. 대신 아리스가 실시간으로 중계하고 있다던데?

└아리스? 그 귀여운 척하는 BJ? 나 걔 싫은데.

└아니, 이 새끼가 감히 아리스 님을 비난해? 신성 모독이다!

└와, 근데 토벌대 규모도 장난 없는데? 몇백 명이 우르르 몰려다니겠네ㅋㅋㅋ.

└아마 분위기도 소풍 나간 것처럼 화기애애하겠지? 아아, 부러워라.

글렌데일의 토벌대는 커뮤니티에서도 상당한 관심을 받았다. 하지만 토벌대의 분위기는 유저들의 예상과는 정반대였다. 화기애애는커녕, 곧 끊어질 실처럼 팽팽하게 조여진 분위기로 과장을 조금 보태면 숨을 못 쉴 정도였다.

'어우, 숨 막혀. 물도 없이 고구마만 다섯 개는 먹은 기분이네.'

텁텁한 공기를 크게 들이마신 카이는 주변 플레이어들을 흘깃거리며 그들의 견적을 내보았다.

'파수꾼의 대나무 활을 장비한 궁수네. 저거 75레벨 이상만 쓸 수 있는 건데……. 얼씨구, 저쪽 기사는 경비대의 갑옷 세트 입고 있네?'

입고 있는 장비를 토대로 파악한 바로는, 토벌대에 참가한 유저들의 수준은 제법 높았다. 그래서 카이도 위기의식이 들었다.

'분위기 살벌한 거 봐. 나도 방심하면 안 되겠어.'

사실 토벌대가 출발한 직후에는 분위기가 참 좋았다. 너 나 할 것 없이 주변 사람들과 적극적으로 대화를 나누며 부드러운 분위기가 자연스럽게 형성되었기 때문이다. 하지만 갑자기 떠오른 메시지창 하나가 그 화기애애했던 분위기를 단숨에 깨뜨렸다.

[오크 토벌대가 출정하였습니다.]

[토벌대에 참가한 모든 유저는 토벌 포인트를 획득할 수 있습니다.]

[토벌 포인트 획득 조건은 아래와 같습니다.]

-오크 사냥 : 1포인트

-오크 워리어 사냥 : 3포인트

-오크 히어로 사냥 : 30포인트

-오크 로드 사냥 : 500포인트

-?? 사냥 : 1,000포인트

-이외에 토벌대의 활동에 도움을 주었을 때.

[획득한 토벌 포인트는 아이템 교환에 사용됩니다.]

이벤트의 시작을 알리는 메시지에 유저들의 눈빛이 달라졌다. 이어서 토벌 포인트로 교환할 수 있는 아이템의 목록이 떠올랐기 때문이다.

"이런 미친! 적정 레벨 유니크 장비 교환권이 500포인트잖아?"

"500포인트면…… 오크 로드 단 한 마리!"

"잠깐, 이거 집계 방식은 어떻게 되는 거야? 막타 쳐야 하나? 아니면 기여도 순위?"

"이 물음표는 또 뭐야, 버그냐?"

"나도 물음표로 뜨는 걸 보면…… 버그라기보다는 일종의 보물찾기 같은데?"

생각보다 훨씬 푸짐한 보상에 혹해 버린 유저들과 기이!

'크으, 남작님이 지갑 좀 열었나 본데? 좋은 물건 많네.'

카이는 이미 그 보상들을 수중에 넣은 것처럼 마음속으로 김칫국을 시원하게 들이켰다.

아무 근거 없는 자신감은 아니었다.

'후후, 나는 이 물음표의 의미를 알고 있으니까.'

오크 주술사, 물음표가 의미하는 것은 오크 주술사가 분명했다. 현재 그에 관련된 퀘스트를 가지고 있는 것은 아르센 남작과 직접 대화를 한 카이뿐.

'인생 뭐 있나? 그냥 한 방이지!'

오크 주술사는 한 마리만 잡아도 무려 1,000포인트!

일반 오크 1,000마리를 잡아야 겨우 같은 수치가 된다.

'경쟁자가 이렇게 흘러넘치는 곳에서 혼자 오크 1,000마리를 잡는 게 과연 가능할까?'

카이는 재빨리 머릿속 계산기를 두드렸다.

'내 명석한 두뇌에 의하면…… 94.18%의 확률로 불가능!'

다른 유저는 아무리 열심히 해도 1,000포인트를 쌓는 것이 불가능에 가깝다.

하지만 오크 주술사의 존재를 알고 있는 카이라면?

'나라면 가능하지.'

카이의 자신감이 근거를 갖춘 이유는 그 때문이었다. 물론 그 가능성만 믿고 오크 사냥을 소홀히 할 생각도 없었다.

술에 술 탄 듯, 물에 물 탄 듯, 카이는 남들의 눈에 띄지 않고 길거리에 굴러다니는 흔한 전사처럼 행동했다.

그때였다.

"어엇……. 보인다, 보여!"

"보이긴 뭐가 보여?"

"오크 부락이 보인다고!"

긴 행렬을 자랑하던 토벌대가 출정 이후 처음으로 걸음을 멈췄다.

대지를 울리던 발소리가 사라지자 유저들은 고개를 빼꼼 내밀어 앞을 바라봤다.

카이라고 다르지 않았다.

'저것이 오크 부락!'

오크 부락, 글렌데일 주변에 스폰되는 모든 오크의 고향!

부락은 끝을 뾰족하게 각은 나무들을 땅에 꽂아 목책처럼 두른 상태였다. 그리고 입구 근처에는 정체를 알 수 없는 뼈도 수백 개나 주렁주렁 매달려 있었다.

원시적인 건축물이지만, 그래서 더욱 위협적으로 보인다. 게다가 밖에서 보기엔 프리카 마을과 비슷한 크기로 보였다.

"위압감 한번 제대로 주네."

'이 정도 크기가 겨우 부락이라는 거지?'

커뮤니티의 몇몇 역사학자들은 오크는 부락 따위가 아닌 진짜 왕국을 가지고 있다고 말한다. 어디에 있는지는 아무도 모르지만, 오크는 모두 믿고 있다는 진정한 전사의 왕국!

'그런 곳이 진짜 있다면 나중에 한번 가봤으면 좋겠네.'

생각을 끝낸 카이는 가볍게 몸을 풀었다.

'당장은 눈앞의 일만 생각하자. 지금 내 목표는……'

저 안에 기거하고 있는 오크 주술사, 그놈이야말로 카이의 목표였다.

카이는 자신의 컨디션을 확인했다.

'어제 잠도 잘 잤고, 아침에 대변도 끝내줬어. 컨디션은 두말할 것도 없이 최상!'

게다가 아무런 피해도 없이 오크 부락까지 도착했다는 것 또한 중요했다. 만약 카이가 토벌대에 속하지 않고 이 장소에 오려고 했다면, 오크 무리를 수십…… 아니, 수백 번은 더 만났을 것이다. 오크의 초원에는 언제나 오크 무리가 가득하기 때문이다.

하지만 우두머리가 없는 소규모의 무리로는 감히 이런 규모의 토벌대에게 덤빌 엄두를 내지 못했다. 덕분에 이곳까지 리무진 뒷좌석에 탑승한 것처럼 편안하게 왔다.

"하지만 지금부터는 그렇게 편하지 않겠지."

카이가 긴장감이라는 끈의 매듭을 조임과 동시에 토벌대장이 오크 부락을 향해 손을 뻗으며 외쳤다.

"전방에 오크 부락 발견, 토벌대는 전투를 준비하라!"

"와아아아아!"

근질거리던 몸을 풀 기회를 찾은 유저들이 저마다 자신감을 드러냈다.

"어우, 좀 쑤셔서 죽는 줄 알았네."

"힐러님, 비트…… 아니, 버프 주세요!"

"오우! 도핑 최대로, 제대로 놀아보자!"

전투의 열기로 순식간에 흥분한 유저들!

그런 그들의 시야에 오크 부락에서 끊임없이 쏟아져 나오는 까만 점들이 보였다. 그 점들이 가까이 다가오자, 사람들의 표정이 미묘하게 변하기 시작했다.

"응? 저게 뭐냐, 개미들인가?"

"오크 부락에서 왜 개미가 나와?"

"기다려 봐, 내가 확인해 볼게. 매의 눈!"

궁수 하나가 시력을 상승시켜 주는 스킬을 사용하더니 입을 쩍 벌렸다. 그러더니 비명에 가까운 고함을 내질렀다.

"이런 미친, 오크다!"

"그야 오크의 초원이니까 오크가 보이겠지."

"그게 아니고, 저 까만 점들이 전부 오크라고!"

궁수의 외침과 동시에 주변 모든 유저의 눈이 동그랗게 커졌다.

"뭐라고? 이런 미친!"

"저게 다 오크라고? 이런 미친!"

미쳤다는 소리가 절로 나오는 그 압도적인 수에 유저들이 입을 한데 모아 비명을 질렀다.

대충 어림잡은 수만 무려 1,000여 마리, 하지만 그들이 비명을 지르는 이유는 두려움 때문이 아니었다.

"미쳤다, 진짜! 그럼 저게 다 토벌 포인트네?"

"포인트가 스스로 굴러 들어오잖아?"

"대박! 먼저 잡는 놈이 임자다."

"이것이 진정한 몰이사냥이구나!"

그렇다. 토벌대에 소속된 유저 대부분은 오크쯤이야 쉽게 사냥하는 실력자들이다. 더군다나 뒤를 받쳐 줄 든든한 영지 병들도 있으니 두려워할 이유가 없었다.

토벌대장이 검을 하늘 높이 들어 올리며 소리쳤다.

"전군, 공격하라!"

뿌우우우우우!

[전투의 뿔나팔 소리를 들었습니다.]

[3시간 동안 모든 능력치가 5% 상승합니다.]

"우오오오오오!"

"아이스 에로우!"

"기사의 맹세!"

"산들바람의 가호!"

순식간에 격돌하는 오크와 인간!

두 세력이 한데 모여 서로의 목숨을 노리는 모습은 매우 치열해 보였다. 하지만 조금 더 자세히 살펴보면 전황은 토벌대가 압도적으로 우세한 상태였다.

'나도 가만히 있을 수는 없지. 검술 스킬 숙련도를 올릴 절호의 찬스다.'

카이는 남들의 눈에 띄지 않는 구석에서 열심히 오크를 사냥하기 시작했다.

[여명의 검법의 숙련도가 1 상승합니다.]×3

…….

콩나물처럼 쑥쑥 성장하는 여명의 검법 스킬 숙련도!

그렇게 한창 신나게 검을 휘두르고 있던 카이가 돌연 몸을 멈췄다.

"음?"

찌르르르.

전신에 닭살이 그대로 올라오는 이 느낌은 분명 페르메의 독을 처음 마주했을 때와 흡사했다.

'이유는 모르겠지만 위험하다!'

본능적으로 위험을 감지한 카이는 팽이처럼 몸을 회전시켰다.

파지지지직!

두 눈에 보이는 것은 자신에게 날아드는 번개의 화살!

카이의 입이 조그맣게 열렸다.

"칼날 쇄도."

파앗!

스킬의 시전과 함께 손목을 살짝 비틀어 검을 회전시키며 손을 놓았다. 회전력이 실린 검이 섬광처럼 쏘아졌다.

파아아앙!

단순히 검을 던졌을 뿐이건만 북 터지는 소리와 함께 공기가 터져 나갔다. 그 압도적인 파괴력에 번개의 화살은 연기처럼 흩어져 버렸다.

카이의 눈빛이 잔잔한 호수처럼 깊게 가라앉았다.

'오크 주술사가 첫 번째 전투에 나타났을 리는 없고, 일반 오크는 마법을 쓸 수 없지. 그렇다면?'

카이는 곧장 공격이 날아온 방향으로 고개를 돌렸다. 그러자 시선이 마주치는 마법사 한 명, 그는 깜짝 놀란 표정을 짓더니 황급히 고개를 돌렸다.

미간을 좁힌 카이는 녀석의 뒤통수를 응시했다.

'저 녀석, 설마 일부러 나에게 공격을……?'

"죽어라, 인간. 취이익!"

카이가 잠시 한눈을 파는 사이 그의 뒤통수를 공격하는 오크!

오크의 거대한 도끼가 카이를 두 동강 낼 듯 맹렬하게 떨어졌다. 물론, 페르메까지 때려잡은 카이는 일반 오크의 공격을 허용할 만큼 낮은 수준이 아니었다.

"시끄러워. 너, 침 너무 많이 튀어."

서격!

폴리곤이 되어 흩어지는 오크를 확인한 카이는 눈이 마주친 마법사에게 성큼성큼 걸어갔다.

"저기요, 방금 그거 뭡니까?"

"예?"

"라이트닝 에로우, 그쪽 맞죠?"

"아아…… 그거요."

마법사는 카이의 얼굴을 확인하더니 고개를 끄덕였다.

"죄송합니다. 실수로 마법이 엉뚱한 곳으로 날아갔네요."

자신의 잘못을 솔직하게 인정하는 마법사!

상대가 오히려 저렇게 나와 버리자, 카이는 할 말을 찾지 못했다.

자신이 실수했다고 죄송하다고 사과하는 상대를 윽박지를 수도 없지 않은가?

엎친 데 덮친 격으로 주변에 사람들이 몰려들기 시작했다.

"뭐야, 싸움 났어?"

"뭔 일이래?"

"몰리, 저 전사가 마법사한테 뭐 따지던데?"

눈에 띄어서 좋을 게 없는 카이가 먼저 한발 물러났다.

"……실수라고 하시니 여기까지 하겠습니다. 대신 다음부터는 조심해 주세요."

"예, 그럴게요."

태도는 뭐가 그리 당당한지 모르겠지만, 일단 사과는 받았다. 그 때문에 카이는 마법사를 쿨하게 용서했다.

'그래도 사과하는 걸 보면 나쁜 마음은 없었나 보네.'

실제로 이런 실수는 파티 사냥에서도 흔하게 나오는 편이었다. 기본적으로 미드 온라인의 모든 스킬은 논타겟으로 이루어져 있기 때문이었다.

그 말은 궁수와 마법사 같은 원거리 클래스의 공격 명중률은 형편없다는 소리와 같았다. 그래서 그들에게는 명중률을 상승시키는 스킬이 존재했다. 하지만 그렇다고 땅을 향해 쏜 공격이 하늘로 나갈 리는 없지 않은가?

'사람이 실수할 수도 있지.'

너그러운 마음으로 그를 용서한 카이는 주변의 관심이 더 몰리기 전에 황급히 자리를 떠났다.

그 때문인지, 그는 자신의 뒤통수를 빤히 쳐다보는 마법사의 시선을 알아차리지 못했다.

토벌대의 첫 번째 전투는 아주 성공적으로 끝을 맺었다. 비록 오크 부락을 점령하지는 못했지만, 그곳에서 쏟아져 나온 오크들을 모두 처치했기 때문이다.

유저들은 전투의 승리 후 기분 좋은 휴식 시간을 가졌다. 그 꿀같이 달콤한 시간을 주변의 나무 그늘에서 보내고 있던 카이의 얼굴 위로는 만족스러운 미소가 떠올라 있었다.

[보유한 토벌대 포인트 : 9]

"아홉 마리 잡았으니까 9포인트, 계산 확실하네."

현재 상황은 나쁘지 않았다. 만약 오크 부락에서 이런 식으로 오크들을 몇 번만 더 내보내 준다면, 일반 오크만 잡아서 100포인트 이상을 모을 수도 있을 것 같았다.

'그리고 이게 겨우 첫 번째 전투였으니까……. 두 번째, 세

번째 전투 때는 오크 워리어나 히어로도 내보내겠지.'

그럼 벌어들이는 포인트도 점점 더 많아질 터였다. 행복한 상상도를 그리던 카이의 귓가로 다른 유저들의 목소리가 들려왔다.

"상도덕도 없는 새끼들, 양심이란 게 있긴 한가?"

"있겠냐? 그딴 게 있었으면 이런 짓거리는 하지도 않았지."

"젠장, 결국 보상은 저들끼리 독식하겠다는 소리잖아?"

"아오! 하여튼 길드 없는 놈은 이벤트도 하지 마라, 이건가?"

"애초에 10대 길드 놈들이 이런 이벤트에 왜 참여하냐고."

세 명의 유저가 깊은 분노를 가감 없이 드러낸 채 대화를 나누고 있었다.

잠시 그들의 대화를 엿듣던 카이의 얼굴 위로 호기심이 떠올랐다.

'뭐야, 무슨 일이라도 생긴 건가?'

이야기만 들어보자면 토벌대 내에서 심각한 문제가 발생한 듯하다. 만약 그 문제가 심각한 것이라면 오크 주술사를 잡는 데 애로사항이 꽃필 수도 있다.

그래서 카이는 그들에게 다가가 조심스럽게 질문했다.

"저…… 우연히 말씀하시는 걸 들었는데요. 무슨 문제라도 생겼나요?"

"저희 얘기를 들었다고요?"

유저 하나가 경계심 어린 눈초리를 풍기면서 쏘아붙이자 그 옆에 있던 유저가 이를 막았다.

"저 사람은 아까부터 저기 있었어. 우리가 멋대로 떠든 거지 뭐. 그리고 그쪽은 혹시 토벌 포인트 순위표 봤습니까?"

"토벌 포인트 순위표요? 그런 게 있습니까?"

카이가 눈만 멀뚱멀뚱 뜨자, 남자가 어깨를 으쓱거리며 말을 이었다.

"역시 못 보셨나 보네. 토벌 포인트 창을 보면 순위표도 따로 있어요. 일단 그것부터 보세요."

"그럼 잠시만…… . 아, 진짜 있네요."

남자의 말처럼 순위표 확인이라는 부분이 분명히 보였다.

'그런데 이게 대체 왜 문제가 된다는 거지? 내 포인트와 다른 이들을 비교할 수도 있잖아?'

한마디로 선의의 경쟁이 벌어지는 판이 제공된 것이다.

그들의 분노에 고개를 갸웃거린 카이는 곧장 순위표를 확인했다. 그리고 다음 순간, 카이의 얼굴에 당황이라는 감정이 떠올랐다.

"뭐, 뭐야. 이게 말이 돼?"

"그죠? 말 안 되죠?"

"짜증 나죠?"

"엿 같죠?"

"……."

카이의 반응이 자신들과 비슷하자 잔뜩 신이 나서 추임새를 넣는 유저들!

멍한 표정으로 그들을 쳐다보던 카이는 순위표를 다시 한번 확인했다.

〈토벌 포인트 순위〉

1위-144포인트

2위-32포인트

3위-28포인트

4위-27포인트

5위-25포인트

…….

공개된 토벌 포인트 순위는 총 10위까지였다. 2위부터 9위까지의 포인트 차이가 비슷한 반면, 1위는 독보적인 포인트를 보유하고 있었다.

카이가 눈을 날카롭게 뜨며 물었다.

"대체 누굽니까?"

카이의 질문에 앞에 있던 세 사람의 고개가 한쪽으로 돌아갔다. 그곳에는 검은색 로브를 세트로 맞춘 8명의 유저가 위풍당당하게 걸음을 옮기고 있었다.

"세계 10대 길드 중 하나인 검은 벌(Black Bee) 놈들입니다. 1등은 맨 앞에 있는 놈이고요."

"아시죠? 길드원 전원이 마법사로만 이루어진 또라이들."

"혹시 두 사람이 오크를 잡으면 포인트가 어떻게 쌓이는지 아십니까?"

카이가 고개를 갸웃거렸다.

알 리가 없지 않은가? 이곳에서도 솔플만 주야장천 했는데.

"글쎄요. 기여도 순…… 은 아닌 것 같네요."

"맞습니다. 여기저기 물어보고 알아보니, 막타를 치는 사람에게 포인트가 부여됩니다."

"그 부분을 악용한 거군요."

한마디로 검은 벌 길드는 한 명에게 모든 포인트를 모아주고 있다는 소리였다.

카이가 인상을 찌푸렸다.

"토벌대장이나, 다른 NPC들은 뭐라고 안 합니까?"

"그쪽에서는 뭐라 못 하죠. 이러니저러니 해도 NPC는 오크 잘 잡아주는 놈이 최고니까요."

"고작 여덟 명서 오크 수백 마리를 잡았어요. 더럽고 치사한 놈들이지만, 실력만큼은 인정할 수밖에 없습니다."

그것이 눈앞의 유저 세 명이 분노한 까닭이었다.

검은 벌 놈들은 더럽고 치사하지만 그만큼 능력이 있었다. 게다가 시스템의 허점을 교묘하게 파고들었기에 대놓고 처벌을 할 수도 없었다.

"흐음……. 그렇게 된 거군요."

카이의 고개가 천천히 끄덕여졌다.

'그래, 실수는 개뿔. 어쩐지 느낌이 싸하더라고.'

아까 자신에게 공격을 잘못 날렸다는 마법사 녀석도 검은 벌의 로브를 입은 채 놈들과 함께 걸어가는 중이었다.

카이의 눈빛이 차갑게 번뜩였다.

'그러니까…… 지금 내가 벌인 판 위에 시커먼 벌들이 꼬였다, 이거지?'

유저들과 헤어진 카이는 슬쩍 뒤로 빠져 사람들의 시선에서 벗어났다.

잠시 후, 다시 나타난 그는 사제복을 장비한 상태였다.

"이거 완전 대박인데요?"

"후후, 선배님. 제가 뭐라고 했습니까? 이거 먹힌다고 했죠?"

"이런 식이면 1등은 무조건 확정이네요."

"그래, 다들 수고 많았다."

세계 10대 길드 중 한 곳인 검은 벌 길드에서 지원을 아끼지 않는 루키이자, 화염 속성의 마법사인 클라드는 근엄한 표정으로 고개를 끄덕였다. 그는 자신의 주변에 모여 있는 일곱 명의 동료를 믿음직스러운 눈빛으로 쳐다봤다.

'확실히, 이 작전은 먹힌다.'

처음에는 그저 순수한 실력으로 토벌에 참여할 생각이었다. 하지만 머리가 잘 굴러가는 동료 하나가 아이디어를 냈고, 그 아이디어는 번쩍번쩍 빛났다.

"선배님, 이 이벤트 저희가 독식할 수 있겠는데요?"

그가 생각해 낸 아이디어란 바로 토벌 포인트를 몰아주는 것!

확실히 자신들처럼 인원이 많은 파티는 찾아보기가 힘들었다. 그나마 몇 있는 파티도 두세 명의 조그마한 규모가 전부였다.

숫자와 힘을 믿은 그들의 첫 번째 토벌은 대성공이었다.

'144포인트!'

압도적이라는 말이 어울릴 정도의 격차로 1위를 차지할 수 있었다. 그리고 두 번째, 세 번째 전투도 성공적으로 마친 클라드는 그 순간 확신했다.

'끝났군.'

세 번째 전투가 끝난 시점에서 2위의 포인트는 고작 84포인트.

나름대로 분발은 한 모양이지만, 무슨 짓을 하더라도 이 점수 차를 뒤집을 수는 없을 것이다.

클라드는 1위에게 씌워지는 황금색 왕관과 그 옆의 472포인트라는 글자를 쳐다봤다.

'물론 오크 로드랑 오크 워리어의 막타를 모두 빼앗기면 이야기가 달라지겠지만…….'

클라드가 다시 한번 미소를 지었다.

'경쟁자를 죽이면 그런 걱정을 할 필요도 없지.'

어차피 전장이란 곳은 너나 할 것 없이 정신이 없는 곳이다. 그런 곳에서라면 아군의 '실수'로 발사된 마법에 맞아 죽을 수도 있는 법, 만약 실패하면? 그땐 실수했다고 발뺌하면 그만이다.

'뭐, 정정당당하게 실력으로 붙어도 질 것 같지는 않지만, 확실한 게 좋으니까.'

검은 벌 길드는 숙련된 마법사들만 뽑기로 유명한 길드!

압도적인 공격력은 물론, 길드의 철저한 선후배 관계 덕분에 배신을 걱정할 필요도 없었다. 이 두 가지 이유가 클라드로 하여금 승리를 확신하게 했다.

뿌우우우우우우!

쉬고 있던 유저들을 불러내는 네 번째 뿔나팔 소리가 초원 가득 울려 퍼졌다.

"네 번째 전투다!"

"갑시다."

"이번에는 페이스를 조금 더 올려봐요. 한 200포인트 정도 모아보죠?"

강자의 여유를 뽐내며 전장에 합류한 그들은 이번에도 오크들을 쓸어버리기 시작했다.

"파이어 필드!"

"버닝 핸드!"

"파이어볼!"

그들이 시전한 온갖 마법이 순식간에 오크들의 체력을 깎기 시작했다.

그리고⋯⋯.

"파이어 스피어."

푸욱! 화르르르륵!

길드원들이 피를 깎아놓으면 막타를 꼼꼼하게 챙기는 클라드까지. 그들의 호흡은 완벽했다.

한 명을 위해 나머지 모두가 희생하는 완벽한 조합!

하지만 모든 사냥이 그렇듯, 위기란 예고 없이 찾아오는 법이었다.

"뭐, 뭐야! 오크 히어로가 왜 여기에?"

"빌어먹을, 마법 저항력이 너무 높아!"

좌측에서 갑자기 튀어나온 두 마리의 오크 히어로, 일반적인 오크보다 더욱 질기고 단단한 몸통을 앞세우며 순식간에 검은 빌 길드원들에게 돌진했다.

"취이익. 죽어라, 인간 마법사들!"

"동료들의 복수다, 취이익!"

서걱서걱! 퍼억퍼억!

그들의 큼지막한 도끼와 몽둥이에 찜질 당하는 검은 벌 길드원들!

하지만 주변의 그 어떤 유저도 그들을 도와줄 생각을 하지는 않았다.

'꼴 좋다.'

'이참에 확 죽어버렸으면.'

"크아아악!"

"젠장! 아무나 좀 도와줘……."

그들이 도움을 요청했지만 주변 유저들의 싸늘한 시선만이 쏟아졌다.

'주, 죽는다!'

검은 벌 길드의 마법사 중 체력이 얼마 없던 마법사가 눈을 질끈 감았다.

머리 위의 도끼가 떨어지면 그대로 죽을 터!

그 순간, 바닥까지 내려갔던 그의 체력이 차오르기 시작했다.

"힐, 힐, 힐!"

"어…… 어?"

"누, 누구?"

한 사제의 도움에 검은 벌 길드원들은 멍한 표정으로 눈만 껌뻑였다. 도와달라는 말은 했지만 진짜로 도움을 받을 수 있을 거라고는 생각지 못했기 때문이다.

"괜찮으십니까?"

그들은 자신에게 다가오는 사제 하나를 멍하니 봤다.

선혈이 낭자하는 전장과는 어울리지는 않는 백색의 고결한 사제복. 후드를 깊숙이 눌러써서 얼굴은 보이지 않았다. 하지만 오히려 그 부분이 그를 신비롭게 만들어줬다.

"다행히 늦지는 않았군요. 제가 치료를 해드릴 테니, 여러분은 열심히 싸우십시오."

"아…… 예!"

"그, 그러죠, 뭐."

떨떠름한 반응을 내보이며 다시 사냥을 시작하는 검은 벌 길드원들!

기습을 당해 위험한 상황에 몰렸지만, 제대로 진형을 잡자 그들은 오크 히어로조차 안정적으로 잡을 수 있었다.

"우측에서는 오크 워리어 세 마리, 옵니다!"

"중앙에 있는 놈부터 일점사한다!"

그렇게 마법사 여덟 명과 사제 한 명의 기묘한 협력 관계는 전투가 끝날 때까지 지속되었다.

"후우, 후우."

"네 번째 전투도 끝났나."

지난 전투들과는 비교도 되지 않을 정도로 지친 유저들.

그야 첫 번째 전투부터 도합 4천 마리의 오크를 상대했기 때문에 그럴 수밖에 없었다. 그 와중에도, 클라드는 동료 길드원들을 이끌고 자신들을 도와준 사제에게 다가갔다.

"도와줘서 고맙습니다."

"아닙니다. 남들 치료해 주려고 사제한 건데요, 뭐. 그럼 수고하세요!"

사제는 그 어떤 보상도 바라지 않는 것처럼 밝은 인사를 남기고는 그대로 사라져 버렸다. 그러자 검은 벌 길드원들의 칭찬이 하나둘씩 입 밖으로 튀어나왔다.

"저 사제, 개념 제대로 박혀 있는데요?"

"설마 지금 상황에서 누군가에게 도움을 받을 수 있을 거라고는 생각도 못 했습니다."

"맞아요. 꼼짝없이 로그아웃당하는 줄 알았는데……."

"흐음……."

그 말들을 귀담아듣던 클라드는 사제가 떠난 자리를 쳐다보더니 천천히 고개를 끄덕였다.

'확실히 우리는 화력이 강력하지만 아까처럼 진형이 한 번

뚫리면 복구하기 힘들지.'

물론 그 방벽이 안 뚫리도록 집중력을 높여야 하겠지만, 그들은 기계가 아니라 사람이다. 언제 누가 집중력이 흐트러져서 진형이 뚫릴지는 아무도 모르는 일이다.

"그렇다면 만에 하나를 위해서 사제 하나 정도는 데리고 다니는 게 좋겠군……"

자신들은 세계 10대 길드인 검은 벌에 속한 마법사들이었다. 파티를 해준다고 하면 상대방도 얼씨구나 하고 승낙을 할 것이 분명했다.

10대 길드와 협력 관계를 맺는 것은 누구나 바라지만 아무나 하지 못하는 일이었으니까.

'게다가 사제라면 뒤통수 맞을 일도 없지.'

그것이 이 결정을 내리게 된 가장 큰 이유였다.

어떤 상황에도 자신을 위협할 수 있는 놈은 절대 아군으로 만들어선 안 된다. 그것이 검은 벌 길드의 철칙이었다.

'하지만 사제 같은 쓰레기 직업은 백 명이 모여봐야 별로 무섭지가 않아.'

여분의 목숨을 얻었다고 생각한 클라드의 얼굴에 진한 미소가 번졌다.

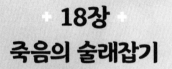

18장
죽음의 술래잡기

검은 벌(Black Bee) 길드는 세계에서 가장 강력한 10개의 길드 중 하나다. 구성원들은 모두 마법사로 이루어져 있고, 그런 만큼 화력은 앞에서 1, 2위를 다툰다. 마법사라면 모두 가입하기를 희망하는, 아니, 굳이 마법사가 아니더라도 세계 10대 길드라는 타이틀은 군침이 돌 수밖에 없다.

그런 만큼 검은 벌 길드의 촉망받는 루키, 클라드가 직접 제안을 한다는 건 파격적인 일이었다.

"이 토벌대가 끝나기 전까지 우리와 함께 행동하지 않겠습니까? 토벌 포인트는 나눠주지 못하겠지만 50골드를 챙겨주고 우리를 도와준 일은 마스터에게 직접 전달하겠습니다. 어떻습니까?"

게다가 그 내용 또한 파격적이다. 말만 제안일 뿐, 일개 사제에게 도움을 요청하고 있는 것과 다름없었기 때문이다.

"와, 저 사제 계 탔네, 계 탔어."

"나도 사제나 키울 걸 그랬나."

"아서라, 네 성격이면 50레벨 마의 고비도 못 넘을걸."

"하긴."

그 장면을 목격한 주변 유저들도 부러움이라는 감정을 숨김 없이 드러냈지만, 딱히 질투하지는 않았다.

'그야 사제인걸.'

'그야 사제니까.'

'혼자서는 아무것도 할 수 없는 녀석들이잖아.'

키우기는 더럽게 힘든 주제에 파티원이 없으면 사냥조차 못 하는 쓰레기 직업, 그것이 사제에 대한 현재의 인식이었고 그 래서 사제라면 이 정도의 대우는 받아도 된다고, 자리에 있던 유저들 모두 생각했다.

그들의 생각을 알 리 없는 사제는 티 없이 밝은 목소리로 대 꾸했다.

"우와! 검은 벌에서 저를요? 영광이죠!"

당연한 말이지만 사제는 클라드의 제안을 냉큼 수락했다. 그렇게 파티가 이루어졌고, 클라드는 파티에 가입한 사제의 정 보를 확인했다.

'흐음, 닉네임은 비공개인가.'

잠시 고개를 갸웃거린 클라드였지만, 이내 납득했다. 현재 그에게 필요한 건 사제의 닉네임 따위가 아니었으니까.

클라드는 사제의 레벨이 64라는 것과 직업이 사제라는 것만을 확인했다.

'그럼 위험 요소도 없겠군.'

그것을 끝으로 클라드는 사제에 대한 관심을 꺼버렸다. 랭커를 목표로 게임을 하는 그에게 이 정도 수준의 사제는 기억해 둘 가치도 없었으니까.

'철두철미한 놈들. 역시 모든 정보는 비공개인가?'

아무런 의심도 받지 않고 검은 벌 파티에 들어오게 된 사제, 카이는 깊숙한 후드 아래에서 혀를 찼다.

'뭐, 애초에 기대도 안 했지만.'

이 녀석들의 길드는 다른 곳도 아니고 무려 세계 10대 길드다. 그런 곳에서 작정을 하고 키우는 루키 파티의 레벨이나 닉네임, 직업 등 모든 정보는 철저하게 보호된다.

그런데 그렇게 꽁꽁 숨겨놓은 정보를 처음 만난 사제에게 공개한다?

'머리에 총이라도 맞지 않은 이상 그럴 리는 없겠지.'

그것이 카이가 그들의 정보에 별 기대를 안 한 이유였고, 덕분에 실망감도 들지 않았다.

'그나저나 10대 길드인가……. 이번엔 좀 조심해야겠어, 붉은 주먹 때와는 달라.'

10대 길드라는 건 허울뿐인 타이틀이 아니다. 그들은 자체적으로 사냥터나 던전 등을 독점하고 있으며, 그곳을 이용해 돈을 번다. 그것도 일반인들은 상상도 하지 못할 정도로 무지막지한 돈을 번다.

그렇게 벌어들인 돈은? 다시 길드의 전력을 강화하는 데 고스란히 투자된다.

막대한 수익과 막대한 투자, 그것은 일반적인 방법으로는 영원히 끝나지 않는 불멸의 사이클!

그것이 세계 10대 길드가 지닌 말도 안 되는 강함의 비결이었다.

'솔직히 말해서, 지금 10대 길드의 전력은 개사기지.'

현재 미드 온라인에서 가장 강력한 길드들을 1위부터 100위까지 줄 세워놓고, 상위 10개 길드와 나머지 90개 길드가 싸워도 10대 길드가 우위를 차지할 정도다.

그것은 카이 혼자만의 생각이 아니었다. 다방면의 전문가들과 랭커들이 길드의 전력을 객관적으로 파악하고 내린 결론이다.

'그렇게 대단해 보이던 천화 길드조차 세계 10대 길드에는 비비지도 못하니까.'

후드 아래에서 카이의 눈매가 날카롭게 번뜩였다.

'조심, 또 조심하자. 상대는 검은 벌이라는 걸 절대 까먹으면 안 돼.'

붉은 노을, 붉은 주먹 같은 허접들을 상대할 때처럼 움직이면 안 된다.

이들은 프로였다. 밥만 먹고 게임을 하는 사람은 많지만, 게임을 직업으로 삼는 이들은 그중에서도 소수다. 그리고 이들은 그 소수 중에서도 상위 1%에 속하는 사람들.

카이는 자그마한 실수도 하지 않도록 경계심의 끈을 단단히 묶었다.

"곧 다섯 번째 전투가 시작될 것 같군."

토벌대장의 주변을 살펴보던 클라드가 낮은 목소리로 중얼거렸다.

확실히, 토벌대장의 옆에 있던 병사 하나가 뿔나팔을 높이 들어 올리는 중이었다.

"그리고 내 예상대로라면, 우리는 이번 전투에서 부락 안으로 진입하게 될 것이다."

클라드의 말에 검은 벌 길드원들은 물론이고, 카이조차 고개를 끄덕였다.

'지난 네 번의 전투에서 토벌대는 계속 승리해 왔어.'

덕분에 전선을 크게 끌어올릴 수 있었고, 현재 토벌대는 오크 부락의 코앞까지 당도해 있었다.

오크들도 부락의 입구를 굳게 닫은 채 나오지 않는 상황.

'이번에는 단순히 쏟아져나오는 오크들을 잡는 게 아니라, 전진하면서 놈들을 잡아야 돼.'

난이도로 따지면 이쪽이 훨씬 어렵다. 아직도 부락의 안쪽에는 오크 워리어나 오크 히어로들이 잔뜩 있을 터였다.

검은 벌 길드원들도 제법 긴장이 됐는지 이전의 여유로운 표정을 찾아보기는 힘들었다.

그 와중에 클라드가 간단한 명령을 마쳤다.

"진형은 B-4로 통일한다. 그리고 사제……님은 체력이 떨어지는 이들 위주로 힐을 주십시오."

"맡겨주세요, 그럼 먼저 버프 돌리겠습니다."

카이는 태양의 축복과 갑옷을 제외한 간단한 버프를 그들에게 걸어줬다.

"오, 스탯이 제법 오르는데?"

"이 정도면 아까보다 더 수월하게 싸울 수도 있겠어."

카이의 버프에 크게 만족을 하는 검은 벌 길드원들!

그리고 동시에 뿔나팔 소리가 들리기 시작했다. 그와 함께 토벌대장의 목소리도 초원에 울려 퍼졌다.

"오크 부락의 입구를 무너뜨리고 내부를 점거하라!"

"우와아아아아!"

전투가 시작되자 마법사들의 폭격이 오크 부락의 울타리를 강하게 두드렸다.

"오오, 내구도 빨리 까진다!"

"이 정도면 금방 무너뜨릴 수 있어!"

다른 근접 계열 유저들은 각자의 무기를 꼬나쥔 채, 울타리가 쓰러지기만을 기다렸다.

그러기를 잠시…….

쿠우우웅! 쿠웅!

"울타리가 쓰러졌다!"

"돌격!"

"다 죽여 버려!"

토벌대원들이 오크 부락으로 해일처럼 밀려 들어갔다.

"우리도 늦지 않게!"

"오크 부락에는 몬스터가 많아. 포인트가 따라잡히지 않게 서둘러!"

검은 벌 길드원들도 발 빠르게 내부로 진입했고, 그때부터 쉴 틈 없는 전투가 이어졌다.

'정신이 하나도 없잖아!'

그들의 사냥 페이스를 간신히 따라가던 카이가 혀를 내둘렀다.

'이게 10대 길드의 루키들 수준인가?'

이미 그들이 사냥하는 모습을 몇 번이나 봤지만, 진심을 드러낸 이들의 수준은 차원이 달랐다.

전투는커녕 그들에게 힐을 주면서 쫓아가는 것만도 벅찰 지경이었다.

'숫제 괴물들이잖아.'

카이가 아랫입술을 살짝 깨물었다.

사제라는 직업으로 혼자 페르메를 처치하고, 붉은 주먹 길드를 쓸어버렸다. 그 과정에서 자신도 모르게 몸에 밴 오만과 자신감이 눈 녹듯이 사라졌다.

'처음부터 다시 배운다는 마음으로, 먹을 수 있는 건 남김없이 먹어치우자.'

비록 이들은 마법사이지만, 카이는 그들의 움직임을 주시했다, 마치 먹이를 노리는 매처럼 냉철하고 정확하게.

파지지지직! 쿠웅!

"후욱, 후욱……."

어느덧 주변을 정리한 파티원들이 땀을 닦으며 태세를 정비

했다. 오크 부락의 내부도 다른 토벌대원들에 의해 순조롭게 공략당하는 상황이었나.

그 때문에 카이의 마음도 조급해지기 시작했다.

'이 돼지 같은 놈은 포인트를 아주 우걱우걱 처먹는구나!'

파티 창에는 연신 클라드가 토벌 포인트를 획득했다는 메시지가 도배되었다.

이미 그의 포인트는 600포인트를 훌쩍 넘긴 상태!

'만약 이놈이 오크 로드까지 잡게 된다면……'

카이가 침을 꿀꺽 삼켰다. 만약 정말 그렇게 된다면 자신이 오크 주술사를 처치한다고 해도 1등은 물 건너가게 된다.

까맣게 안색이 죽은 카이가 간절히 기도했다.

'젠장, 오크 주술사 빨리 좀 나와라……! 아니면 오크 로드를 다른 놈이 잡든가!'

그때, 저 멀리서 사냥 중이던 유저들의 고함이 들려왔다.

"오, 오크 로드다!"

"이 녀석…… 레벨이 90이나 되는데?"

"미친, 이딴 걸 우리가 어떻게 잡아!"

한껏 당황한 유저들의 감정은 공기를 타고 카이에게까지 전해져 왔다. 카이는 슬쩍 고개를 돌려 클라드의 반응을 확인했다.

"오크 로드라……"

그는 토벌 순위표를 쳐다보며 잠시 고민하더니, 이내 고개를 내저었다.

"오크 로드는 포기한다."

"예."

"현명한 선택이네요."

아주 쿨하게 오크 로드를 포기해버리는 클라드!

그 판단은 지금 상황에서 결코 나쁜 것이 아니었다.

'어차피 2위 녀석이 오크 로드를 잡는다고 해도 내 포인트를 따라잡을 순 없어.'

이미 500포인트 이상의 격차를 벌려놨기 때문이다.

심지어 오크 로드는 레벨이 90이라고 한다. 100레벨이 넘어가는 유저라면 모를까, 글렌데일에서 활동하는 유저들 중 그 정도의 고레벨 유저는 없다. 일개 파티가 잡을 수 있는 녀석이 아니라, 레이드를 해야 한다는 소리다.

'오크 로드를 잡을 시간에 잡몹을 처리하면서 포인트를 쌓는 것이 더 빠르다.'

물음표로 표시된 1,000점짜리 존재가 신경 쓰이기는 하지만, 현재로써는 아무 정보가 없었다.

결국 클라드는 현재 시점에서 자신이 내릴 수 있는 최고의 선택지를 순식간에 고른 것이다.

'무섭게 똑똑한 새끼……!'

그 모습을 옆에서 지켜보던 카이조차 혀를 내두를 정도!

그 사이에도 클라드의 포인트는 점점 높아져만 갔다.

"아자! 800포인트 넘겼다!"

"200포인트만 더 쌓죠! 그럼 유니크 장비가 2개인데!"

잔뜩 신나서 말이 많아지는 검은 벌 길드와는 다르게 카이의 입술은 움직일 줄을 몰랐다. 그는 속이 까맣게 탄다는 게 어떤 기분인지를 절실하게 느끼는 중이었다.

'오크 주술사, 이놈은 왜 안 나와?'

이렇게 된다면 자신이 검은 벌 파티에 들어온 이유가 없지 않은가? 이놈들과 오크 주술사 사이에 싸움이 붙으면 적당히 뒤통수를 치려고 했건만!

'이 정도면 근무 태만 수준인데?'

카이의 걱정과는 별개로 파티의 사냥은 점점 탄력을 받아 빨라졌다.

그때였다.

오크 로드를 잡고 있던 토벌대에서 함성이 터져 나왔다.

"됐다, 체력 30% 남았다!"

"이대로 조금만 더!"

"오크 로드도 여럿이서 잡으니까 별거 아닌……?"

말수가 점점 줄어드는 유저들.

그리고 동시에, 토벌대 전원에게 메시지창이 떠올랐다.

[오크 로드 우르간의 체력이 30% 이하로 떨어집니다.]

[우르간이 분노를 느낍니다. 분노의 영향으로 모든 능력치가 20% 상승합니다. 받는 대미지가 30% 증가합니다.]

[오크 주술사의 강력한 군세가 우르간을 지원합니다.]

"페가수스사 진짜 너무하네! 2 페이즈도 있어?"

"거기다가 빌어먹을 분노 모드잖아!"

"그리고 오크 주술사, 강력한 군세? 이것들은 또 뭔데?"

"자, 잠깐…… 저기 좀 봐!"

한 장소를 바라본 유저 한 명이 비명을 토해냈다.

그가 쳐다본 곳은 이미 무너져 버린 오크 부락의 입구였다. 그곳으로 고개를 돌린 다른 유저들의 입에서 앓는 소리가 튀어나왔다.

"저게…… 강력한 군세?"

"끄응, 엿 됐다."

"와씨, 돌겠네."

수십 마리의 오크 히어로와 수백 마리의 오크 워리어, 그리고 그들이 생전 처음 보는 모습의 오크 한 마리까지!

입구를 봉쇄한 그들은 도리어 토벌대의 뒤를 완벽하게 잡았다.

"젠장, 이제 조금만 더 잡으면 오크 로드도 죽일 수 있었는데."

"무리야, 지원군 숫자가 너무 많아."

"그리고 서 빼빼 마른 오크는 뭐야?"

"길을 저따위로 막아놓으면 도망칠 수도 없다고."

앞에는 오크 로드와 놈의 친위대, 그리고 뒤에는 오크 주술사와 강력한 군대들!

그사이에 끼여 잔뜩 위축된 유저들을 바라보던 클라드가 눈을 빛냈다.

"지금부터는 우리도 저곳을 지원한다."

"예에? 이제 와서 오크 로드를 잡자고요?"

"아니, 우리 목표는 저기 있는 오크 주술사라는 놈이다."

클라드는 입꼬리를 올리며 말했다.

"저놈인 것 같군, 1,000점짜리."

'어휴, 하여튼 감 하나는 기가 막히네.'

그것이 정답이라는 사실을 알고 있는 카이가 고개를 절레절레 흔들었다.

그러기를 잠시, 카이는 고개를 들어 하늘을 쳐다봤다. 먹구름이 가득한 하늘과 땅거미가 지면서 석양이 가라앉는 지평선. 한 폭의 그림과도 같은 배경에 저절로 웃음이 나왔다.

'거, 영상 찍기 딱 좋은 날씨구만.'

파티 사냥은 보통 다양한 직업을 지닌 유저들이 모임으로써 형성된다. 그리고 그 다양한 직업 중에서, 전장을 바라보는 시야가 남다른 직업이 딱 하나 있다.

'그것이 사제.'

카이의 번뜩이는 눈이 전장을 한 차례 훑었다.

모두가 몬스터를 죽이기 위해 전장을 살필 때, 사제는 부상당한 아군부터 찾는다. 그것뿐만이 아니다. 동시에 자신이 죽지 않기 위해 몬스터의 위치와 공격 범위 또한 정확히 인지해야 한다.

한마디로 미드 온라인에 존재하는 모든 직업을 통틀어도, 사제의 시야를 따라올 수 있는 직업은 없다는 소리다.

'이 녀석들이 과연 언제 빈틈을 내보일까?'

그 사제의 시야를 지닌 카이는 단 한 순간의 타이밍을 기다리고 있었다.

눈 한 번 깜빡이면 사라질지도 모르는, 초겨울의 눈꽃처럼 어느새 녹아버리는 찰나의 순간!

'이미 전장은 개판 5분 전…… 아니지. 이 정도면 충분히 개판이네.'

앞과 뒤를 완전히 오크들에게 포위당한 토벌대는 고군분투했다.

"에라이, 씨! 모르겠다, 그냥 싹 다 죽여!"

"가까이 있는 오크부터 처치해!"

"사제부터 보호해, 사제가 죽으면 우리도 끝이다!"

"드루와, 드루와!"

이미 그들은 죽음이라는 벼랑 끝까지 밀려난 상황이었다. 궁지에 물린 쥐가 고양이를 무는 것처럼, 유저들도 독기를 품은 채 오크들을 상대했다.

"덤벼라, 연약한 인간들이여. 크하아!"

물론 그들의 독기조차, 분노 상태에 돌입한 오크 로드 우르간의 앞에서는 무용지물이었다.

게다가 그뿐만이 아니었다.

[오크 주술사 타로쉬의 주술로 오크들의 능력치가 5% 상승합니다.]

[오크 주술사 타로쉬의 주술로 토벌대원들의 능력치가 5% 저하됩니다.]

"저 삐쩍 마른 멸치 오크부터 좀 죽여봐!"

"저길 어떻게 뚫어! 주변에 오크 히어로랑 워리어가 너무 많아서 무리야!"

바로 오크 주술사의 등장!

녀석은 오크에게 축복을 걸면서 토벌대에게는 저주를 내리는 성가신 존재였다. 물론 카이는 햇살의 따스함을 통해 저주 따위는 걸린 순간 날려버렸다.

'자, 발등에 불은 떨어졌고……. 이제 어쩔래?'

카이는 클라드의 뒤통수를 빤히 쳐다보면서 마음속으로 물었다.

물러날 수도, 나아갈 수도 없는 진퇴양난의 상황!

그 상황에서 고민을 계속하던 클라드가 판단을 내렸다.

"우린…… 이곳을 탈출한다."

"음?"

"어떻게 말입니까?"

같은 길드원들조차 고개를 갸웃거렸다. 탈출로는 오크 주술사가 꽉 막고 있기에, 탈출이 불가능해 보였다.

몸을 돌린 클라드는 눈동자를 차갑게 빛내며 말했다.

"토벌대와 유저들을 제물로 바치고, 이곳을 떠난다."

"……!"

무섭고도 합리적인 판단이었다. 이미 패색이 짙은 전장에서 더 이상 싸울 필요가 없다는 것이 그의 판단이었다.

'하지만…… 그렇다고 유저들이랑 토벌대를 제물로 바친다니?'

로브 아래에서 카이가 주먹을 꽈악 쥐었다.

유저들이 사망 시 겪게 될 페널티도 페널티지만, NPC는 한 번 죽으면 그것으로 끝이다.

'그런데 자기들이 살기 위해 그런 판단을 내린다고? 그것도 일말의 망설임도 없이?'

그것은 어떤 의미로는 카이에게 충격적이었다.

위로 올라가기 위해선 모든 것을 이용할 줄 아는 것이 바로 검은 벌 길드!

그 사실을 눈앞에서 목격한 카이는 이빨을 꽉 깨물었다. 하지만 그를 한 차례 더 충격에 빠뜨리게 한 것은, 다른 길드원들의 반응이었다.

"어…… 그래도 돼요?"

"흐음, 토벌대가 다 죽으면 글렌데일 성주가 우릴 의심하지 않을까요?"

"기껏 토벌 포인트를 모았는데…… 이거 사용 못 하게 되는 건 아니겠죠?"

다른 이들을 향한 미안함보다는 자신들의 이득부터 챙기는 이기적인 모습, 그 모습에 황당함을 느낀 카이는 입을 꾹 다물었다.

'이 녀석들 전부 글렀어.'

아예 답이 없는, 타지 않는 쓰레기들이다.

때문에 카이는 오히려 답을 쉽게 내릴 수 있었다.

'들어올 때는 마음대로였겠지만, 나갈 때는 아니란다.'

"후우, 후우. 그래도 어찌어찌 버티고는 있네."

"토벌대 NPC들 수준이 상당히 높아, 기사도 10명이나 있고……. 젠장, 그래도 결국 죽겠는데?"

"애초에 검은 벌 새끼들이 우리랑 같이 오크 로드 잡았으면 이런 일도 없었을 텐데!"

땀이 송골송골 맺힌 유저들은 잠시 숨을 돌리며 전장을 훑어봤다.

상황은 그야말로 절망적이었다. 오크 히어로나 워리어 등은 제법 많이 처리해서 이제 몇 마리밖에 남지 않았다. 하지만 유저들도 그동안의 전투로 큰 피해를 보았고, 토벌대에 속한 NPC들도 마찬가지였다.

토벌대의 총인원 수는 이제 겨우 100명 정도가 남은 상황. 그런데 가장 강력한 오크 로드와 오크 주술사가 쌩쌩하니, 결국 죽음은 피할 수 없다.

"그런데 검은 벌 이 새끼들은 대체 어디서 뭐 하는 거야?"

"그러고 보니 아까부터 안 보이네."

"뭔가…… 수상한데?"

검은 벌 길드의 공격은 화려하고, 강력하다. 비록 자신들과 함께 움직이지는 않으나, 오크들을 사냥하는 그들의 솜씨는 제법 든든했다.

그런데 어느 순간부터 그 화려한 마법들이 전장에 모습을 드러내지 않았다. 그 때문일까? 무언가 이상함을 느낀 유저들이 검은 벌 파티를 찾기 시작했다.

"어? 저기 있다!"

그리고 마침내 한 유저가 그들을 찾아냈다.

검은 벌 길드원들은, 오크 부락의 목책 근처에 몰래 접근한 상태였다.

"저 새끼들! 설마 지들끼리 탈출할 셈인가?"

"야! 아서라, 아서. 지금 오크 주술사가 입구를 지키고 있는데 지들이 뭔 수로 나가?"

"하긴…… 그렇지?"

"그럼 쟤네는 지금 저기서 뭐 하고 있는 건데?"

"……."

한 유저의 질문에 다른 이들이 고개를 갸웃거렸다.

하지만 그 질문에 대한 답을 찾는 데는 오랜 시간이 걸리지 않았다.

화르르르륵!

오크 부락의 입구에서부터 크게 피어오른 엄청난 높이의 화염 벽, 무려 여덟 명의 마법사가 만들어낸 화염 벽은 엄청난 열기를 뿜어냈다. 오크 주술사조차 몇 걸음 옆으로 물러서게 만들 정도의 위력!

"됐다."

클라드가 눈을 반짝였다. 화염의 벽에 오크 주술사가 밀려 나자, 아주 약간의 틈이 만들어졌기 때문이다.

'문제는 저 틈으로 사람이 나갈 수 있느냐는 것인데⋯⋯.'

클라드가 고개를 돌려 사제를 쳐다봤다.

"사제님 먼저 탈출하시죠."

"제가요?"

"예, 먼저 나가보세요."

"⋯⋯."

저 틈새가 정말 안전한지, 아닌지 시험하는 것이었다. 카이 도 바보가 아닌 이상, 클라드의 속내를 모를 수가 없었다.

'이놈 봐라? 지금 나를 통해서 실험을 해보겠다는 건가?'

그야말로 어이가 없어서 웃음이 나올 지경!

하지만 카이는 거절하지 않고 고개를 끄덕였다.

"그러죠, 뭐."

가볍게 대꾸한 카이는 두 다리를 열심히 놀려 틈새를 쏙 빠 져나갔다.

그 모습을 확인한 검은 벌 길드원들이 쾌재를 불렀다.

"선배, 안전해 보이는데요?"

"작전 성공입니다. 나갈 수 있겠네요!"

"그래, 됐다."

클라드가 입꼬리가 비틀렸다.

아직 파이어 월은 건재했고, 그 벽의 너머에서는 유저들이 욕지기리를 내뱉고 있었다.

"이 개자식들아!"

"너희만 살겠다고 오크 주술사를 이쪽으로 밀어넣어?"

"두고 보자! 이거 다 영상 녹화했으니까, 커뮤니티에 올려 주마!"

그들의 악담에도 클라드는 코웃음만 쳤다.

"흥, 멍청한 놈들. 너희는 그러니까 항상 밑바닥이라는 소리를 듣고 사는 거다."

검은 벌 길드가 추구하는 것은 최고의 자리. 그리고 그 자리를 쟁취하기 위해서는 수단과 방법을 가리지 말라는 것이 길드의 규율이다.

클라드는 그 규율이 자신과 너무나도 잘 어울린다고 생각했다.

'유저들 간의 암묵적인 룰, 매너 사냥? 개소리!'

그것은 모두 약자의 변명이다. 사회라는 울타리에 갇힌 채 법이 자신을 보호해 준다고 위안이나 하는 약자들의 망상.

'나는 맹수다.'

어찌 사자가 양 떼들 사이에 섞여 그들의 법을 따르겠는가?

클라드는 게임에 재능이 있었다. 그리고 검은 벌 길드에 가입한 것은 호랑이에 날개를 달아준 격이었다.

"자, 그럼 우리도 나가지."

클라드는 자신의 파티원들을 이끌고 유유히, 한 발 한 발 기품을 잃지 않고 틈새를 향해 걸어나갔다.

그리고 그가 밖으로 나가는 틈새의 코앞까지 다가간 순간……

서걱!

틈새에서 한 자루의 검이 튀어나와 그대로 클라드의 목울대를 그어버렸다.

당황한 클라드가 황급히 몸을 뒤로 뺐지만, 이미 늦었다.

[상태 이상 '침묵'에 걸렸습니다.]

[페르메의 독에 중독당했습니다. 상태 이상 '중독'에 걸렸습니다.]

[해독되기 전까지 초당 1,000의 대미지를 입습니다.]

"……!"

"뭐, 뭐야!"

"선배, 괜찮으십니까!"

"저 새끼 뭐야?"

당황한 놈들이 으르렁거리며 위협을 가할 때, 클라드는 누군가를 찾았다. 말을 할 수 없는 그가 그렇게 격렬하게 찾은 것은 다름 아닌 사제!

'빌어먹을, 중독당했다! 어서 사제가 해독을 해줘야……!'

일반적인 독이 아니었다. 무려 해독 전까지 초당 1,000의 대미지를 주는 지독한 독, 지속 시간도 따로 없었다.

그는 한시라도 빨리 중독 상태를 해제해야 할 필요성을 느꼈다. 그리고 그의 다급한 목소리에 위기의식을 느낀 검은 벌 길드원들이 황급히 목책을 나가려고 했다.

"사, 사제는 먼저 나갔어!"

"나가서 데려와!"

하지만 그들의 시도는 누군가에 의해 가로막혔다.

조그마한 틈새를 꽉 채운 정체불명의 인형, 그는 어둠을 덧칠해놓은 것 같은 흑색 경갑을 입고 있었다.

그의 정체는 칠흑의 원한 세트를 장비한 카이!

동시에 그를 알아보는 이들이 속속 나오기 시작했다.

"어! 저 녀석 언노운 아니야?"

"언노운? 참교육 영상 찍은 개?"

"근데 그 녀석도 이번 토벌대에 참가했었나?"

"난 처음 보는데?"

"나돈데……. 대체 뭐지?"

검은 벌 길드는 물론, 다른 유저들조차 이 상황을 이해하지 못했다.

하지만 그들의 표정이 차츰 밝아지기 시작했다. 자신들이 살 수 있다는 생각 때문이 아니었다.

'뭐야, 언노운이 입구를 막고 있잖아?'

'검은 벌 길드 새끼들 우리랑 같이 죽겠구나!'

'으하하! 욕심부리더니 꼴좋다, 개자식들!'

참교육 영상의 주인인 언노운의 등장은 그만큼 뜻밖이었지만, 그것이 전부였다. 그가 오크 로드와 주술사를 처치하고 자신들을 구해준다는 생각은 하지도 않았다.

'언노운이 뜬 건 영상이 재미있어서였지.'

'물론 싸움 실력도 나쁜 건 아니었는데…… 뭐랄까, 다듬어지지 않은 느낌?'

'아무튼, 오크 로드와 오크 주술사를 잡을 실력은 절대 못 된다.'

만약 영상을 검을 배운 지 일주일도 안 된 시점에서 찍은 것이 알려지면 평가도 달라질 터였지만 그 사실을 모르는 유저들에게 언노운이란 그저 인기 동영상의 주인, 그 이상도 이하도 아니었다.

"우리가 검은 벌 길드 소속이라는 걸 모르지는 않겠지?"

"언노운이라면 나도 들어본 적은 있어. 그런데 갑자기 우리한테 이러는 이유가 뭐냐?"

"너와 우리는 아무런 접점도 없었을 텐데?"

"입 아프게 그걸 왜 물어? 보나 마나 명성 얻고 싶어서 이 수작 부리는 거 딱 보면 몰라?"

검은 벌 길드원들이 각자 마법을 캐스팅하며 카이를 노려봤다.

'그렇게 생각해 주면 나야 고맙지.'

따악!

천천히 왼손을 들어 올린 카이가 손가락을 튕겼다.

그 경쾌한 소리와 함께 터져 나가는 홀리 익스플로전!

콰아아아아앙!

백색 광선은 화염의 벽을 그대로 흩어버렸고, 곧장 오크 주술사를 공격했다.

그 장면을 본 검은 벌 길드원들이 고개를 절레절레 흔들었다.

"그냥 미친놈이었군."

"죽으려면 혼자 죽지그래?"

그들이 비릿한 표정으로 카이의 이해할 수 없는 행동에 안도했다.

'이 상황에서 오크 주술사의 어그로를 끌다니.'

'죽고 싶어 환장한 놈인가?'

'오히려 우리는 잘됐군. 적당히 뒤로 빠져 있다가, 밖으로 탈출하면 되겠어.'

클라드를 부축한 그들은 뒤로 멀찍이 물러섰다.

미친놈 하나가 오크 주술사의 어그로를 끌었으니, 그 공격에 휘말리지 않기 위함이었다. 하지만 오크 주술사는 언노운이 아니라 오히려 그들을 향해 쿵쿵 뛰어오기 시작했다.

"어…… 어?"

"뭐, 뭐야!"

"우리는 공격도 안 했는데, 대체 왜?"

'왜긴 왜야.'

어깨를 으쓱거린 카이는 인터페이스 창을 호출했다.

[파티에서 탈퇴하겠습니까?]

"응."

[파티에서 탈퇴했습니다.]

'내가 너네 파티였거든.'

분명 공격을 한 것은 카이였지만, 검은 벌 길드는 이미 화염 벽을 통해 오크 주술사의 어그로를 한껏 올려놓은 상태였다.

그것을 정확하게 계산한 카이는 화염 벽을 흩어버림과 동시에 오크 주술사를 공격했고, 그 결과 검은 벌 길드와 오크 주술사의 싸움이 성립된 것이다.

"자, 그럼 니희는 열심히 싸우고……"

카이의 시선이 전장을 넓게 훑었다.

'상황이 많이 안 좋아.'

이미 토벌대의 인원은 NPC와 유저 모두를 합쳐도 100명 미만, 대패도 이런 대패가 없었다.

그나마 다행인 점을 꼽으라고 하면, 오크 로드의 피가 15% 정도밖에 남지 않았다는 것이다.

'하지만 오크 주술사의 체력은 아직도 많아.'

오크 주술사의 체력은 75% 정도 남아 있었다. 그랬기에 카이는 주먹을 불끈 쥐며 검은 벌 길드를 응원했다.

"화이팅, 힘 좀 내봐! 세계 10대 길드의 저력, 뭐 그런 거 하나씩 있지 않나?"

"이 새끼가 뚫린 입이라고!"

"크아아악! 진짜 죽여 버린다."

머리끝까지 화가 차올라 얼굴이 붉어진 검은 벌 길드원들. 하지만 오크 주술사를 상대하고 있었기에, 카이에게는 욕설만 내뱉을 뿐 이렇다 할 행동을 취하지는 못했다.

'당분간 오크 주술사는 이 녀석들이 상대해 줄 거고……'

카이의 시야로 오크 로드의 단단해 보이는 등이 들어왔다.

'그사이에 난 저 녀석부터 마무리해야겠네.'

하지만 놈을 사냥하기 전에 먼저 할 일이 있었다.

"응? 언노운이 이쪽으로 다가오는데?"

"뭐, 뭐야. 설마 검은 벌 길드에 이어서 우리까지?"

"대체 뭐가 어떻게 돌아가는 거야?"

"아군인지 적군인지 구분이 안 가는군, 끄응."

가까스로 살아남은 유저들은 다가오는 언노운을 경계하며 침을 삼켰다.

그들의 스테미너와 마나는 이미 바닥으로 떨어진 지 오래였다. 만약 언노운이 악독한 마음을 먹는다면, 죽음을 피할 수 없을 것이 분명했다.

하지만 언노운은 가까이 오더니 짤막하게 말했다.

"목숨, 살려드리겠습니다."

"이건…… 예상치 못한 신선한 대사인데."

"목숨을 살려주는 게 공짜일 리는 없을 테고……. 대가는?"

"미리 말해두지만 나 거지라고."

토벌대에 참가한 유저들이니만큼, 대가 없는 보상은 없다는 걸 누구보다 잘 알고 있었다.

'그래서 그런지 이해가 빨라서 좋네.'

그 태도가 마음에 든 카이는 기사 NPC들을 사이에서 난동을 부리는 오크 로드를 가리켰다.

"저 녀석, 저한테 넘기세요."

"뭐?"

"잠깐만, 지금 우리가 뭐 빠지게 때려놓은 녀석을 그냥 넘기라는 거야?"

"그것도 아무 대가도 없이?"

"그렇게 안 봤는데, 욕심이 너무 과하군."

어처구니없다는 표정을 짓는 유저들!

하지만 아쉬울 게 없는 카이는 오히려 어깨를 쫙 펴면서 당당하게 요구했다.

"보상이 왜 없습니까? 사흘 동안 접속 불가, 경험치 하락, 운 나쁘면 장비 드랍…… 그 모든 페널티가 사라지는 건데."

"오크 로드를 죽여도…… 오크 주술사를 해치우지 못하면 이곳을 빠져나가긴 힘들어."

"그런 상황에서 우리가 뭘 믿고 네게 오크 로드를 넘기지?"

"믿음? 다들 뭔가 크게 착각하시는 것 같은데……."

카이가 고개를 절레절레 내저었다.

"아쉬운 건 제가 아닙니다. 저야 언제든지 몸을 뺄 수 있거든요. 그리고 솔직히 말하자면, 여러분들이 오크 로드를 잡아도 어차피 죽으면 말짱 꽝 아닙니까?"

"……."

"아무튼, 이게 제 마지막 제안입니다. 결정할 시간은…… 60초 드리죠."

말을 마친 카이는 용무가 끝났다는 듯 팔짱을 꼈다.

그러자 유저들이 흔들리는 눈빛으로 서로의 얼굴을 쳐다보기 시작했다. 그들의 얼굴 위로 떠오른 감정은 갈등, 카이는 그 표정을 놓치지 않았다.

'넘어왔네.'

토벌대의 특성상 마을 귀환 주문서나 로그아웃을 사용할 수 없다. 한 마디로 지금 저들은 죽음을 기다리는 시한부 환자와 똑같은 위치. 당연한 말이지만 죽는 것을 즐기는 유저는 없다.

'여기에 있는 사람들은 모두 이미 턱 끝까지 차오른 죽음을 받아들이고 있었어.'

사람은 희망이 없을 때 모든 것을 내려놓는 법이다. 그 순간 카이는 그들의 눈앞에 동아줄을 내밀면서 흔들었다, 생명의 동아줄을.

그들은 그 달콤한 제안을 거부할 수 없을 것이다.

'눈앞의 동아줄을 잡겠지. 아주 빠르게, 덥석.'

어차피 저들이 크게 손해 볼 것은 없다. 오크 로드를 카이에게 넘긴다고 해도, 본인들의 포인트가 마이너스가 되는 것은 아니기 때문이다. 비록 여태까지 한 고생이 아깝기야 하지만, 죽는 것보다는 백배 천배 낫지 않은가?

결정적으로, 저들의 표정에는 한 가닥의 호기심이 떠올라있었다.

'그야 궁금해서 미칠 지경일걸?'

생명력이 바닥까지 떨어졌다고는 하나, 남아 있는 수십 명의 유저가 작심하고 덤벼들면 오크 로드를 마무리할 순 있을 것이다.

하지만 그걸 뒤집어서 말하면, 그건 수십 명이기에 가능한 이야기. 그런데 한 명뿐인 카이는 체력이 고작 15%밖에 안 남았다지만, 오크 로드를 혼자 잡겠다고 선언했다.

'대체 뭘 믿고?'

'참교육 영상을 보면 실력이 그리 뛰어나 보이지는 않았는데……'

'혹시 그때 모든 패를 깠던 건 아니었나?'

그들에게 깃든 것은 아주 사소한 호기심이었다. 그리고 호기심이란 녀석은, 시간이 흐를수록 점점 제 몸을 불리는 지독한 녀석. 갈등하던 유저들은 하나둘씩 고개를 끄덕였다.

"난 오크 로드를 포기하지."

"나도! 경험치도 경험치지만 얼마 전에 레어 아이템을 구매했거든, 죽을 순 없어."

"젠장, 포인트가 아깝긴 하지만……. 대체 뭔 짓을 하려는지 궁금해서 미치겠으니 넘긴다!"

한 명을 제외한 모든 유저에게 허락을 받은 카이는 마지막 유저를 바라봤다.

"저, 저기……."

여성 유저인 그녀는 침을 꿀꺽 삼키더니, 소신 있게 말했다.

"오크 로드를 넘길 테니, 토벌대가 끝나면 혹시 인터뷰해 주실 수 있나요?"

"인터뷰…… 요?"

"헤헤, 직업이 직업이다 보니 이런 기회를 놓치긴 아까워서요."

'아, 그러고 보니 이 사람…….'

그녀의 얼굴을 잠시 쳐다보던 카이가 입을 벌렸다.

'그래, 이름은 가물가물하지만…… 분명히 게임 BJ였지?'

아리스인지, 아리사인지 뭔지 하는 여자였다. 가끔 커뮤니티에도 동영상이 올라오기에 카이의 기억에도 남아 있었다.

'인터뷰라…….'

카이는 시큰둥한 반응을 보였다.

지금은 자신을 다른 사람들에게 어필하기보다는 실력을 키우며 몸값을 불릴 시간이었다. 당연히 현재 시점에서 인터뷰를 하는 것은 득보다 실이 더 많았다.

'하지만 시간이 흐르면 달라질 수도 있지.'

결국 카이는 결말을 열어두는 것으로 마무리를 지었다.

"좋습니다, 하지만 날짜와 시간은 제가 정하죠."

"저, 정말인가요!"

단번에 표정이 화악 밝아진 아리스가 고개를 끄덕끄덕 흔들었다.

"그럼 저도 오크 로드를 포기할게요, 감사합니다!"

'감사는 내가 해야 하는 거고.'

유저들의 허락은 받았다. 그들이 뒤통수를 치지 않는 한, 이제 오크 로드의 소유권은 온전히 자신에게 들어온 것이다.

카이는 검집 안에서 고이 잠들어 있는 검의 손잡이를 어루만졌다.

'그러고 보니 어렸을 때 엄마가 가르쳐주셨지. 맛있는 걸 먹기 전엔 요리사에게 감사의 마음을 직접 말로 전하라고.'

카이가 작게 말했다.

"맛있게 잘 먹겠습니다."

"크하아아! 인간들이란 고작 이 정도냐?"

2미터 크기의 몸뚱어리에 단단한 근육을 갑옷처럼 때려 박은 오크 로드 우르간이 포효했다. 그의 코에서 씩씩거리며 뿜어져 나오는 콧바람은 마치 증기 기관차를 연상시켰다.

비록 오크였지만, 그 엄청난 존재감 때문에 이 자리의 누구도 우르간을 무시하지 못했다.

'너무 강하다……!'

'이것이 정녕 일개 오크가 지닌 힘이란 말인가!'

글렌데일의 기사 NPC들은 대부분 레벨 120이 넘는 실력자들이었지만 상황이 너무 안 좋았다.

오크 부락의 밖에서만 네 번이나 전투를 치렀고, 안쪽에서는 쉬지도 못하고 계속 싸웠다. 그들의 체력이 모두 방전되었다는 소리였다.

'모두 내 실책이다……'

토벌대의 대장을 맡은 아도르가 입술을 질끈 깨물었다.

반파된 투구 아래로 드러난 얼굴은 앳돼 보였다. 나이가 많아 봐야 열일곱 정도로 보이는 소년의 얼굴.

그런 그의 주변으로 기사들이 모여들었다.

"도련님, 여기는 저희에게 맡기시고 먼저 탈출하십시오."

"여기서 만에 하나 도련님이 잘못되시면…… 남작님을 뵐 낯이 사라집니다."

"지금…… 경들은 나에게 도망을 치라는 것이오?"

아도르가 분하다는 표정으로 소리쳤다. 열일곱의 나이로 기사가 된 그는 나이에 비해 능력이 출중하다는 소리를 많이 들었다. 하지만 아도르는 그것이 싫었다.

'내가 노력하여 손에 넣은 실력이다. 그런데 어찌하여……!'

사람들은 아도르가 남작의 아들이라는 점과, 어린 나이를 언급하며 그를 칭찬했다. 하지만 그는 나이와 신분을 떠나 그저 기사로서 떳떳하게 인정받고 싶었다.

그 누구보다 인정을 받고 싶었던 대상은, 자신이 가장 존경하는 아버지였다.

'하지만 욕심에 눈이 멀어 제 사람들도 챙기지 못하다니……나는 기사로서도, 지휘관으로서도 실격이다.'

아도르의 얼굴 위로 짙은 피로와 씁쓸한 후회가 겹쳤다.

'후회는 아무리 빨라도 늦는 법이지.'

다른 곳에서라면 후회를 바로 잡을 길이 있다. 하지만 아주 자그마한 요인이 승패를 정하는 전장에서 이 정도의 실수는 돌이킬 수 없다.

아도르는 자신을 보좌해 준 이들을 쭈욱 둘러봤다.

'나 같은 철부지를 믿고 따라와 준 이들이다. 절대 버리고 갈 수는 없어.'

눈을 꼭 감은 그는 자신의 고향이자 집인 글렌데일을 떠올렸다.

'아버지! 불효자는 이 전장에서 뼈를 묻겠습니다, 부디 건강하시길.'

다시 뜬 그의 눈엔 필사의 각오가 새겨져 있었다.

"전군! 목숨을 바쳐서라도 이 사악한 오크……."

그때였다.

"좀 나와주시죠."

"……?"

툭툭.

아도르는 어느새 다가와 자신의 어깨를 두드리는 모험가를 쳐다보며 멍한 표정을 지었다.

'어느새……? 아니, 그것보다…… 아직 멀쩡한 모험가가 있었나?'

이미 모험가들 대부분은 생명력과 스테미너가 바닥까지 떨어져서 전투에서 배제한 상태였다. 그런 상황에서 처음 보는 모험가가 등장하니 당황할 수밖에.

아도르가 침착한 목소리로 말했다.

"그대들을 죽음의 구렁텅이로 밀어 넣어서 정말 미안하다. 하지만 모험가는 신의 축복을 받아 죽어도 죽지 않는 존재라고 들었네. 부디 나를 용서하고, 다음번에는 꼭 이 사악한 오크 무리를 벌하여주게."

"……"

모험가는 아도르를 빤히 쳐다보더니, 그의 한쪽 볼을 잡아당겼다.

"이, 이게 뭐하는 짓인가흐아!"

"얼굴은 앳돼 보이는데, 말투가 대체 왜 그럽니까? 무슨 리어 왕 읽는 줄?"

"그게 무슨……"

아도르가 거칠게 카이의 팔을 쳐내자, 카이는 욱신거리는 팔을 주무르며 말했다.

"남작님이 출발 전 제게 직접 부탁하더군요, 아들 좀 잘 부탁한다고."

"……?"

"그러니까, 나 혼자 살아가면 고개를 들고 남작님을 못 본단 말이에요."

옅은 한숨을 내쉰 카이는 아도르와 기사들을 쳐다보며 고개를 까딱거렸다.

"알았으면 좀 나와주시죠."

"지금…… 자네 혼자서 오크 로드를 잡겠다는 건가?"

"예."

오크 로드를 슬쩍 바라본 카이는, 저 멀리 있는 오크 주술사에게 눈을 돌리며 말했다.

"그리고 저놈까지 제가 찜해뒀습니다."

"……"

카이의 욕심과 오만이 그득한 발언에 아도르는 그만, 할 말을 잃어버렸다.

"크흠?"

오크 로드 우르간은 천천히 뒤로 물러서는 인간들을 쳐다보며 코웃음을 쳤다.

"멍청한 인간들. 뒤로 빠져봤자 결국 네놈들은 이 부락에서 벗어날 수 없다. 취이이익!"

피 칠갑된 양날 도끼를 어깨 위에 얹은 그는 미련한 인간들을 동정했다.

"취익, 우리 거친 바위 부족에게 싸움을 건 이상, 너희들은 한 놈도 살아나가지 못한다. 크하!"

오크 부락 내부를 쩌렁쩌렁하게 울리는 오크 로드의 포효!

[오크 로드의 포효가 전장에 울려 퍼집니다.]
[상태 이상 '위축'에 걸렸습니다.]
[움직임이 5% 느려집니다.]

"햇살의 따스함."

아무리 강력한 저주라고 할지라도, 카이에게는 통하지 않는다. 그것을 증명이라도 하듯 찬란한 빛과 함께 위축 상태가 말끔하게 사라졌다.

"으으흠?"

한 명의 인간이 도망치지 않고 그를 향해 똑바로 걸어오고 있었다.

그것도 한 걸음, 한 걸음.

전장이 아닌 패션쇼의 모델들에게 어울릴 법한 느릿한 걸음 걸이!

그 특이한 행동은 우르간의 관심을 끄는 데 성공했다.

우르간이 한쪽 눈썹을 꿈틀거렸다.

"네놈은 뭐냐?"

질문과 함께 주변을 둘러본 우르간은 설마 하는 표정으로 재차 물었다.

"설마 지금 거친 바위 부족의 족장인 나, 우르간에게 결투를 신청하는 것인가?"

"결투?"

'뭐, 1대 1로 싸우는 거니 결투도 틀린 말은 아닌가.'

카이가 떨떠름한 표정으로 고개를 끄덕였다.

"그래."

"크하하, 재미있구나!"

띠링!

[무모한 도전]

[난이도 · C-]

[당신은 플레이어 중 최초로 거친 바위 부족을 이끌고 있는 우르간에게 결투를 신청했습니다.

레벨과 스탯 그리고 싸움 기술까지!

유리한 구석이라고는 쥐뿔도 없는 당신이지만, 그와의 결투에서 승리한다면 큰 보상이 뒤따를 것입니다.]

[성공할 경우 : 용맹한 전사 칭호, 명성 2,000 상승, 캐릭터 레벨 +1.]

[실패할 경우 : 허언증 환자 칭호, 명성 대폭 하락, 경험치 대폭 감소.]

"……."

짜게 식은 눈으로 퀘스트창을 바라보던 카이의 입에서 한숨이 흘러나왔다.

'조, 좋게 생각하자, 좋게.'

어차피 우르간과는 1대 1로 승부를 보려고 했다. 그런데 이기면 추가적인 보상도 얻을 수 있으니 나쁠 건 없었다.

'다만 패배하게 되면…….'

카이가 눈을 가늘게 떴다. 허언증 환자라는 칭호를 보자마자 물 없이 호박 고구마를 삼킨 것처럼 목구멍이 턱턱 막히는 기분이 들었기 때문이다.

'왠지 이 칭호를 얻으면 인생이 피곤해질 것 같은 기분이 들어.'

그것은 예상 따위가 아닌, 인간의 DNA 깊숙이 각인되어 있는 야생의 직감!

입술을 지그시 깨문 카이가 우르간을 진지하게 노려봤다.

반면 우르간은 강자 특유의 여유로움이 묻어 있는 목소리로 말했다.

"눈빛 하나는 쓸 만하군. 그나저나 이런 도전도 4년 만인가……. 동족조차 무서워하는 나에게 도전을 하는 것이 설마 인간이 될 줄이야. 재미있군. 취이익, 취이익."

우르간이 낮은 웃음을 흘리며 제 목을 좌우로 꺾었다.

그때마다 뼈가 뒤틀리는 소리가 나며 공기를 뒤흔들었다.

"사실 나, 우르간은 너 같이 야망이 큰 녀석을 싫어하지 않는다."

"흠?"

카이는 의외라고 생각했다.

그가 알고 있기로 오크들이란 뇌까지 근육으로 차 있는 몬스터!

대부분이 호전적이고 포악한 성격을 가진 종족이었다.

'그런데 생각보다 신사적이잖아?'

카이가 그렇게 생각한 순간, 돌연 우르간의 예의 바르던 인상이 구겨졌다.

"그런데 생각할수록 괘씸하군. 감히 거친 바위 부족의 족장인 나에게 도전을 해?"

"……?"

"크하아아! 나는 제 분수도 모르고 허황된 꿈을 꾸는 놈들이 가장 싫다!"

"……."

역시 뇌세포까지 근육으로 만들어진 오크 종족!

"흐라아아!"

거친 고함을 내지른 우르간은 양날 도끼를 머리 높이 들어 올리며 카이에게 달려들었다.

슬슬 어둠이 가라앉기 시작한 저녁 시간, 카이에게 주어진 시간은 그리 많지 않았다.

'달이 뜨면 몬스터들의 능력치가 올라가지.'

그렇게 되면 오크 로드와 오크 주술사를 상대하기가 더욱 힘들어진다.

카이는 벼락처럼 떨어지는 양날 도끼를 끝까지 주시했다. 동시에, 그의 검집에서도 검이 바람처럼 뽑혀 나왔다.

카아아아아아아앙!

"크으윽!"

단 한 번의 격돌, 고작 한 번이었지만 카이의 표정은 크게 일그러졌다.

'역시 오크 로드, 스탯 차이는 무시하지 못하겠어.'

공격에 얻어맞은 것도 아니고, 서로 무기를 한 번 부딪쳤을 뿐이다.

그 한 번의 격돌에 체력이 5%나 날아가 버렸다.

"취르륵, 감히 내 공격을 정면으로 받다니? 보기보다 근성이 있는 인간이군."

우르간의 칭찬이 이어졌지만, 카이가 그런 칭찬에 기뻐할 리가 만무했다.

"오크들은 입으로 싸우나?"

카아아앙!

깨달은 자의 롱소드를 크게 휘둘러 우르간과의 거리를 벌린 카이의 눈빛이 한층 깊어졌다.

'대충 녀석의 힘 스탯은…… 나보다 100 정도 높은 것 같네.'

녀석의 첫 번째 공격을 온전히 받아냈던 이유는 상대방과의 격차를 가늠하기 위해서였다. 그리고 지금, 자신이 원하던 정보를 알아낸 카이는 조금 더 과감하게 움직이기 시작했다.

카이는 자신의 데뷔작인 참교육이 뜻밖의 대히트를 치자 많은 고민을 했다.

'어떻게 해야 두 번째 동영상도 히트시킬 수 있지?'

여러 예술가들은 이와 비슷한 고민을 한다.

하나의 작품을 흥행시킨 뒤에 찾아오는 기쁨은 찰나, 그 뒤에 도사리는 건 서늘한 압박감이다. 자신의 성공이 스스로의 목을 죄어오는 고통은 아티스트의 숙명이나 다름없다.

물론 카이는 그렇게 심한 스트레스를 받지는 않았다. 카이는 예술가도 아니고 동영상의 흥행도 목적이 아니었기 때문이다. 단지 수익을 창출할 수 있는지가 궁금할 따름이었다.

'하지만 그렇다고 대충할 생각은 없어.'

그렇게 카이는 밥을 먹거나 게임을 할 때, 심지어는 세수를 하는 순간조차 고민했다.

'이번엔 뭘 보여줘야 좋아할까?'

계속되는 고민 때문인지 꿈에서까지 고민을 할 정도!

그렇게 지난 며칠간 생각을 하던 카이는 한 가지 답을 찾았다.

'잠깐만, 내가 이걸 왜 고민하고 있지?'

이런 고민은 보여줄 게 많은 사람이나 하는 것이다. 하지만 안타깝게도 현재 카이는 쥐뿔도 없는 상태였다.

'보여줄 수 있는 건 처음부터 하나밖에 없잖아?'

그는 랭커들처럼 멋있게 싸우지 못한다. 그렇게 할 수 있었다면 그들처럼 화려하고 임팩트 있게 싸웠을 것이다.

압도적인 실력이 뒤를 받쳐준다면 이런 고민을 할 필요도 없다.

'하지만 아직 내 실력이 너무 얕단 말이지.'

90레벨의 레이드 몬스터인 오크 로드를 마주한 카이에게는 여유 따위가 없었다.

그랬기에, 그가 노린 것은 단 한 번의 타이밍이었다.

"크하아!"

우르간의 도끼가 단두대처럼 카이의 목을 노리고 날아왔다.

'지금!'

숨을 한껏 들이켠 카이의 가슴이 부풀어 오르는 순간, 그의 모습이 갑자기 사라졌다.

"으음?"

신성 폭발을 사용해 순식간에 우르간을 따돌린 카이!

우르간에게 이 정도 속도란 아무것도 아닐 것이다. 하지만 느리다고 생각했던 상대가 갑자기 빨라진다면?

예상치 못한 상황에 허를 찔리면 찰나의 빈틈이 생긴다. 카이에게는 그 정도 시간이면 충분했다.

서걱!

우르간의 가슴을 사선으로 크게 베고 지나가는 검, 체력이 얼마 없어도 오크 로드!

하지만 대미지는 얼마 들어가지도 않았다.

"쿼이익, 이 정도 공격은 간지럽……?"

씨익.

하지만 우르간의 표정이 딱딱하게 굳어가고, 반대로 카이의 입가에는 미소가 번졌다.

'설마 이렇게 효과가 좋을 줄이야.'

카이는 평소와는 다른 녹색 빛의 검을 보며 생각했다.

'역시 페르메의 독이다!'

페르메의 독은 원래 카이가 페르메의 둥지를 공략하고 얻은 보상 중에서 가장 쓸모없다고 여기던 것이었다.

하지만 클라드를 상대로 사용해 본 결과 효과는 상상 그 이상이었다.

'이 독은 지속 시간이 무한!'

해독하지 못하는 이상 언젠가는 죽게 된다는 뜻이었다.

실제로 클라드는 지금 이 순간에도 연신 카이에게 욕을 하며 포션을 들이키는 중이었다.

포션이 바닥나는 순간 그는 죽게 될 것이다.

"그리고 안타깝지만…… 넌 포션도 없지? 오크 주술사는 바쁘신 모양이고."

카이의 차가운 미소를 마주한 우르간이 전투 시작 이래 처음으로 낮은 신음을 흘렸다.

"으으음. 인간, 비열하구나! 신성한 결투에서 독을 사용하다니!"

"비열하게 나보다 레벨도 높은 녀석이 뭐래."

우르간의 말을 가볍게 무시한 카이는 그에게 달려드는 대신

거리를 벌렸다. 처음부터 이 싸움은 전사들의 정정당당한 결두 따위가 아니었다.

'죽느냐, 죽이느냐. 그걸 결정하는 싸움이었지.'

페르메의 독은 지금 이 시간에도 열심히 일하면서 우르간의 체력을 깎고 있었다.

'이제 녀석의 남은 체력은 14%.'

계산대로라면 앞으로 14분이면 녀석은 쓰러질 터!

지금부터 카이가 해야 할 일은, 그 시간 동안 죽지 않고 살아남는 것이었다.

"그렇군…… 네놈은 처음부터 전사의 결투를 할 생각이 없었어."

"맞아, 애초에 그게 뭔지도 모른다고."

카이가 시원하게 고개를 끄덕이자, 우르간의 깊은 눈두덩이에서 용암 같은 분노가 이글거렸다.

"감히 오크의 신성한 결투를 욕보인 죄, 죽음으로 사죄하라! 쿼이이익."

"사죄할 생각도 없고, 죽을 생각은 더더욱 없어."

말은 빤질빤질하게 내뱉었지만, 카이의 등줄기에서는 땀이 비 오듯 쏟아졌다.

'신성 폭발은 이미 해제한 상태야.'

어차피 길어봐야 수십 초인 신성 폭발로는 녀석이 죽을 때까지 버티지 못한다. 그래서 카이가 선택한 것은 자신의 기본 스탯으로 녀석의 공격을 피하는 것이었다.

'죽으면 그것으로 끝이지만…….'

카이의 고개가 여전히 치열하게 싸우고 있는 오크 주술사와 검은 벌 길드를 향해 돌아갔다.

'이기면 모든 걸 손에 넣는다.'

"크롸아아아아!"

탱크처럼 돌진하는 우르간의 거체!

그 흉폭한 모습을 자신의 망막에 새긴 카이는 발걸음을 놀려 지금 위치에서 벗어났다.

이미 새로운 동영상의 제목도 지어둔 참이었다, 죽음의 술래잡기라고.

"대체…… 뭐하자는 거야?"

"쯧, 역시 괜한 기대였나?"

"저럴 거면 왜 오크 로드를 넘기라고 한 거냐고."

"아! 망했어요, 우린 다 죽었어요."

이제는 한낱 구경꾼이 되어버린 토벌대의 유저들은 카이의 전투를 보며 실망감을 감추지 못했다.

그도 그럴 것이 전투 시작 이래로 언노운이 검을 휘두른 건 단 두 번뿐이었다. 그 이후로는 끝없이 도망만 다니고 있었다.

그들이 결국 죽음을 피할 수는 없다는 것을 깨닫고 얼굴이 어두워질 즈음, 한 유저가 중얼거렸다.

"그런데…… 도망은 진짜 잘 치네."

그 한 마디가 시작이었다.

부정-분노-타협-우울-수용!

죽음을 맞이하는 다섯 단계를 모두 거친 유저들은 아예 소풍이라도 온 것처럼 바닥에 털썩 주저앉더니, 초연한 표정으로 카이의 전투를 감상했다.

"그러네, 도망은 진짜 기가 막히게 잘 치네."

"저건 점프해서 피해야지. 고렇지, 캬! 이거 구경하는 맛 또 있네."

"와, 이걸 사네."

"쟤 무슨 서커스단 출신인가?"

탑골 공원에서 바둑판 뒤에 서 있는 할아버지들마냥 열심히 훈수를 두는 유저들!

한 유저가 고개를 갸웃거리며 물었다.

"그러고 보니 언노운 직업이 뭐였더라?"

"딱 보면 몰라? 전사잖아."

"뭔 개소리야? 저 몸놀림을 보라고, 어딜 봐도 회피 스킬을 고급까지 올리고 민첩 찍은 도적이구만."

"이상하다? 지난번에 해골들을 꺼냈으니 네크로맨서 아니야?"

"아, 전사라니까?"

"도적이라니까 그러네?"

어느새 열띤 토론을 나누고 있는 유저들!

토론이 점점 격해지며 부모님의 안부나 강아지를 찾기 직전, 처음 말을 꺼냈던 유저가 멍한 표정으로 입을 열었다.

"야, 근데 잡았네."

"뭐?"

"잡아? 뭘 잡아."

서로의 얼굴에 삿대질을 하고 있던 유저들의 고개가 한꺼번에 우르간 쪽으로 돌아갔다. 그들의 눈에 보인 것은 두 무릎을 꿇고, 천천히 재가 되어 사라지는 우르간의 모습이었다.

"잡았네?"

"잡았네!"

"잡았어."

"……."

망막이 획득한 정보가 뇌까지 전달되는 잠깐의 시간. 그 시간이 지나자 우레와 같은 비명을 동시에 토해냈다.

"이런 미친! 저걸 잡네?"

시간은 5분 전으로 거슬러 올라간다.

"허억, 허억……."

카이의 입에서는 연신 바람 빠지는 소리가 흘러나왔다. 턱 끝까지 차오른 숨, 산소가 부족해진 뇌 때문에 흐릿해지는 시야 게다가 웅웅거리며 소리까지 울려오기 시작했다.

하나만 있어도 악조건이라 할 만한 것들을 주렁주렁 매단 카이였지만, 그는 웃고 있었다.

'재미있다!'

오크 로드 우르간의 맹공을 열심히 피하면서 전투의 재미를 느껴버린 것이다. 일반적이지 않은 변태적인 감성이었지만, 신기하게도 그 감성은 도움이 되고 있었다.

'다음은 왼쪽으로 온다!'

카가가가각!

카이가 오른쪽으로 몸을 날린 직후, 우르간의 양날 도끼는 애꿎은 땅을 갈아버렸다.

"쥐새끼 같은 인…… 간……!"

우르간이 툭 튀어나온 어금니를 부들부들 떨며 카이를 저주했지만, 처음처럼 위협적이지는 않다.

그의 상태는 누가 보기에도 정상이 아니었기 때문이다.

'두 발은 후들후들 떨리고 있고, 아까부터 명중률과 속도가 엄청나게 떨어졌어.'

무엇보다 중요한 건 생명력!

우르간의 생명력은 어느새 5% 아래로 떨어진 상태였다. 게다가 중독되었기 때문에 평소보다 움직임이 불편할 것이 틀림없었다.

이 모든 걸 가능하게 만들어준 계기는 페르메의 독이었지만, 일등공신은 따로 있었다.

'공격이 잘 보인다. 그냥 잘 보이는 게 아니라, 미치도록 잘 보여.'

카이는 새삼스러운 표정을 지으며 자신의 눈을 깜빡였다.

전투 내내 우르간의 공격을 두 수, 세 수 먼저 예상하고 피할 수 있게 도와준 놀라운 눈이다.

'그 재미없던 파티 사냥에 이런 보상이 있었을 줄이야.'

파티 사냥을 할 때 진형의 최후방에 위치하는 하는 것은 다름 아닌 사제다.

그들은 몬스터가 언제, 어떻게 아군을 공격할지 모르니 움직임을 항상 예의주시 해야 한다.

파티에서 가장 각광받는 사제의 조건은 과연 무엇일까?

높은 스킬 숙련도? 높은 신성 스탯? 고레벨 장비?

모두 틀렸다.

사람들이 원하는 것은 힐이 필요할 때 힐을 해주고, 버프가 필요할 때 버프를 해주는 사제다.

그 때문에 사제들은 항상 전장을 넓게 봐야 했다.

'처음엔 적응하느라 힘들었지.'

가상현실게임을 처음 접한 카이는 더더욱 그랬다.

남들은 몬스터를 잡으며 쑥쑥 레벨을 올리는데, 자신은 언제 얻어맞고 죽을지 모르는 파티원부터 챙겨야 했다.

그때부터였다, 전장을 넓게 보는 습관이 생긴 것은.

'이건 나뿐만이 아니야. 사제들이라면 대부분 갖고 있는 시야지.'

하지만 카이가 그들과 다른 점이 하나 있었다.

고작 하나지만, 그들은 절대로 가질 수 없는 하나.

'그 시야를 가지고 몬스터와 직접 싸우면…… 이런 일도 가능해지는구나.'

파티의 최후방과 최전선, 두 포지션 전부를 맡아본 자만이 터득할 수 있는 넓으면서도 촘촘한 시야!

그야말로 숲과 나무를 동시에 보는 만능의 눈이다.

"후우……"

사제로서 게임을 플레이했던 나날이 하나둘 떠올랐다.

앞에서는 사제님이라고 말을 하면서도, 은연중에 얼마나 무시를 당했던가.

'하지만 사제도 기회만 있으면 이런 일을 할 수 있는 직업이었어.'

일반적인 사제는 평생 파티의 최후방에 위치한다. 최전방에 설 능력도 없고, 마음도 없으니까.

그렇다고 전투 사제처럼 처음부터 최전방에 서는 클래스는 최후방에 설 이유가 없다.

궁수와 마법사 같은 경우와도 다르다. 확실히 그들은 파티의 후방에 위치하지만, 아군과 적군을 포함해 전장 전체를 시야에 넣는 사제와는 보는 것 자체가 다르니까.

카이는 몰랐던 자신의 장점을 전투 중에 깨달은 것이었다.

"크하아!"

부웅, 부웅!

공기를 찢어발기며 날아오는 양날 도끼!

한 대라도 맞으면 극심한 대미지를 입을 치명적인 공격임에 틀림없다. 하지만 단언컨대, 카이는 조금도 두렵지 않았다.

'몇 분 전만 해도 공격 한 번 피할 때마다 목숨을 걸어야 했는데……'

다른 파티원에게 보호받던 때에는 파티가 전멸하지 않는 이상 느낄 수 없던 공포, 그 공포를 정면으로 마주한 카이의 감각은 장인의 칼날처럼 날카롭게 벼려진 상태였다.

"이제 제발 좀 죽어라, 취이익!"

그런 카이를 상대하는 우르간의 목소리는 이제 분노보다는 호소에 가까웠다.

'지금쯤 미치도록 답답하겠지.'

처음엔 한 끗 차이로 공격을 겨우겨우 피해 나가던 인간이, 점점 더 여유를 찾아가고 있었으니까.

실제로 우르간의 눈동자 속에서는 감출 수 없는 동요가 엿보였다.

'취이익, 말도 안 되는 인간! 대체 정체가 뭐지?'

상식을 벗어난 괴물, 그것이 현재 우르간의 눈에 보이는 카이라는 존재였다.

기본적으로 성장은 급격하게 이루어지지 않는다. 한 걸음, 한 걸음 마치 계단을 오르듯이 하루하루 노력하고, 그 노력이 쌓이고 쌓이면 어느 순간 자신이 성장했음을 깨달을 수 있다.

하지만 눈앞의 검은색 전사는 달랐다.

'이 싸움을 통해…… 성장을 한다고? 취이익, 감히! 나, 거친 바위 부족의 족장인 우르간을 발판으로 삼는다는 것인가?'

수천 마리의 오크들을 다스리며 오크 로드라 불렸던 우르간은 자존심에 큰 상처를 입었다. 그리고 상처 입은 맹수는 난폭한 법이다.

"크허허허헝!"

마치 사자가 울부짖는 것처럼 야성적인 포효를 내지르는 우르간!

동시에 카이의 몸이 움찔거렸다.

"뭐, 뭐야? 갑자기 소리를 지르고……."

깜짝 놀란 카이의 몸이 흐트러지는 순간!

우르간의 공격은 그 빈틈을 가차 없이 비집고 들어왔다.

여태까지의 베기와는 달리 아늑한 빠르기의 찌르기!

"도끼로 찌르기라고? 반칙이잖아!"

도끼를 사용하는 정석적인 방법과는 한참이나 동떨어진 공격!

예상치 못한 공격이었고, 그랬기에 반응이 한 박자 느려질 수밖에 없는 회심의 한 수였다.

그 순간 카이의 사고가 빠르게 돌아갔다. 한바탕 전력 질주라도 한 것처럼 머리가 뜨거워지고, 주변의 시간이 느려진 것 같은 착각마저 들었다.

'이미 피하기엔…….'

늦었다. 신성 폭발을 비롯해 자신이 취할 수 있는 수십 가지의 움직임을 머릿속으로 떠올랐지만, 저 찌르기를 피할 자신이 도무지 생기지 않았다.

'피할 수는 없지만…… 안 피하면 방법은 있다.'

카이의 눈에서 열망의 불똥이 튀었다. 전투가 이어지면서 싹을 틔우기 시작한 욕망, 그것을 시험해 볼 좋은 기회였다.

'지금의 나는 이 녀석과 대등하게 싸울 수 있을까?'

여명의 검술관에서 배운 검의 기초, 그리고 거미의 숲에서 터득한 사냥의 기초, 마지막으로 붉은 주먹 길드원들을 쓸어버리면서 맛본 전투의 기초.

그 모든 경험을 이 한 수에 전부 담아낼 생각이었다.

"흐으읍!"

카이의 오른손이 섬광처럼 빠르게 움직였고, 멈춰 있던 시간이 다시 흐르기 시작했다.

까아아아아앙!

칼과 도끼의 충돌에 주변의 공기마저 휩쓸려 버렸다.

힘과 힘의 격돌이 끝나면 웃는 자와 우는 자가 남는 법!

카이와 우르간의 희비도 엇갈렸다.

"이게 대체……?"

믿을 수 없다는 듯 눈을 부릅뜨는 우르간!

그 얼빠진 표정을 재미있게 감상하던 카이는 몸을 숙여 앞으로 달려나가며 녀석의 귓가에 속삭였다.

"말했잖아. 전사의 신성한 결투니 뭐니 하는 거, 난 모른다고."

다음 순간, 우르간의 도끼는 새하얀 검신을 미끄럼틀처럼 타고내리며 죄 없는 허공을 찔렀다.

전문용어로 헛방!

'당했다!'

우르간의 툭 튀어나온 어금니가 부들부들 떨렸고, 엄청난 굉음이 터져 나왔다.

콰드드드득!

바로 카이의 무릎이 우르간의 명치에 닿으며 이뤄낸 멋들어진 합주, 우르간의 입장에서는 유리를 긁는 것 같은 불협화음과 다름없는 소리였다.

중요한 건 전투 시작 이래, 카이가 처음으로 우르간의 공격을 정면에서 받아낸 뒤 유효타를 먹였다는 것이었다.

그 사실은 우르간은 물론이고, 카이에게까지 충격으로 다가왔다.

'내가 정말 이 인간에게 공격을 허용한 건가?'

'내가 정말 이 오크에게 공격을 성공시켰다고?'

카이는 멍한 얼굴로 명치를 감싸며 뒤로 물러나는 우르간을 지켜봤다.

사실 우르간의 공격을 흘려보낸 건 순간적인 발상이었다.

쇼팽의 즉흥 환상곡은 즉흥적으로 만들어낸 곡이 아니었지만, 카이의 이 묘기와도 같은 한 수는 즉흥적인 움직임이 확실했다.

'와, 그런데 이게 통했다고? 말도 안 돼.'

물론 상대방의 공격을 끝까지 주시하는 눈도 눈이었지만, 천운이 뒤따랐기에 가능했던 일이었다.

얼떨떨한 카이의 눈에 우르간의 새빨간 생명력이 눈에 들었다.

'남은 체력은…… 고작 2%!'

깨달은 자의 롱소드를 잡고 있는 카이의 손아귀에 힘이 들어갔다.

'그래, 단순히 도망만 치면 재미가 없겠지.'

고전부터 현대에 이르기까지 작품을 감상하는 이들은 항상 반전을 원한다. 그것도 자신들이 예상하지 못했던 반전일수록 더욱 열광하고 환호한다.

'그건 아마 이 영상을 보게 될 사람들도 마찬가지.'

그들도 언노운만의 특별한 무언가를 원할 터!

카이는 칠흑의 놀 투구 안에서 미소를 지으며 생각했다.

'원하면 줘야지, 특별한 무언가를.'

지금 이 순간, 끝내주는 시나리오가 생각났으니까.

처억.

카이가 검을 들어 우르간을 겨눴다.

때마침 불어온 한 줄기 바람에 장미 문양이 새겨진 망토가 요동쳤다.

그렇게 술래가 바뀌었다.

쿠우웅!

카이가 본격적으로 공격을 시작한 지 겨우 30초.

절대 쓰러지지 않을 것 같던 우르간의 두 무릎이 바닥과 맞닿았다.

이윽고 반짝거리는 폴리곤이 되어 흩어져가는 우르간.

그 모습을 보던 카이는 아쉬움이 섞인 한숨을 내쉬었다.

'뭐, 결국 검으로는 대미지를 주지도 못했나.'

사실 피를 깎은 건 대부분 페르메의 독이었다.

그럼에도 카이가 위험을 무릅쓰고 검을 휘두른 건 단순히 연출 때문이었다.

자신이 오크 로드와도 이렇게 팽팽한 대결을 펼치고 있다는 것을 보여주기 위한 쇼!

'후, 영상 한번 찍는 것도 힘드네.'

아쉽지만 퇴근은 이르다.

아직 오크 주술사와 검은 벌들이 남아 있었으니까. 하지만 가장 큰 고비는 넘겼다고 봐도 좋을 터!

[토벌 포인트를 500 획득합니다.]

[무모한 도전 퀘스트를 성공적으로 완료했습니다.]

[스페셜 칭호, '용맹한 전사'를 획득합니다.]

[명성이 2,000 상승합니다.]

[레벨이 올랐습니다.]

[스탯 포인트를 5개 획득합니다.]

카이는 쓰디쓴 사탕을 먹은 것처럼 입맛을 다셨다.

"쩝, 아쉽네."

만약 다른 유저들이 봤다면 미친 거 아니냐고 까무러칠 만한 반응!

하지만 카이도 할 말은 충분히 많았다.

'다른 유저들이 피를 많이 깎아놔서 그런지, 경험치도 생각보다 적게 들어왔어.'

90레벨의 레이드 보스 몬스터를 잡았음에도 올라간 레벨은 고작 하나, 카이의 입장에서는 아쉬울 만도 했다.

'그리고 스페셜 칭호? 별미도 가끔 먹어야 별미지. 자주 먹으니까 별 감흥도 없다고.'

마치 스페셜 칭호를 언제든지 먹을 수 있는 간식처럼 취급하는 카이!

하지만 가장 큰 아쉬움은 다른 곳에 있었다.

"아쉽다, 오크 로드 슬레이어 칭호를 딸 수도 있었는데."

자신이 페르메를 최초로 잡고 여왕 살해자를 획득했듯이, 오크 로드를 처음으로 처치했다면 분명 그에 상응하는 칭호가 반드시 나왔을 것이다.

하지만 나오지 않았다는 건 누군가 먼저 오크 로드를 죽인 사람이 있다는 뜻이다. 그리고 카이는 그 사람이 누구인지 알 것 같았다.

'유하린…… . 역시 그 소문이 사실이었나?'

예전에 커뮤니티에 한 가지 루머가 퍼진 적이 있었다.

유하린의 레벨이 120 정도였던 시기였는데, 그녀가 글렌데일에 나타났다는 소문이었다. 하지만 랭킹 1위의 고수가 뭐가 아쉬워서 글렌데일에 오냐며 아무도 믿지 않았다.

'그때 누가 댓글로 그랬지. 그녀가 오크를 전부 잡으면서 부락으로 뛰어가는 걸 봤다고.'

그 소문은 말도 안 되는 소리로 치부되며 당시에는 큰 신빙성을 얻지 못했다. 그 기사를 보며 말도 안 된다고 생각했던 건 카이도 마찬가지였다.

하지만 그 생각이 틀렸음을 깨닫고 깊은 한숨을 내쉬었다.

"그런데 그게 진짜였다니."

그녀가 아니라면 딱히 오크 로드와 관련된 랭커는 생각나지 않았다.

'아쉽지 않다면 거짓말이겠지.'

만약 오크 로드가 웜 리자드처럼 단순한 필드 보스였다면 유하린은 슬레이어 칭호를 얻지는 못했을 것이다.

'스페셜 칭호는 플레이어의 업적을 기리기 위해 부여되니까

말이지.'

하지만 오크 로드는 무려 레이드 급의 보스 몬스터, 레벨 차이가 얼마가 나든 퍼스트 킬을 기록하면 스페셜 칭호가 따라올 수밖에 없다.

"후우……."

그래서 더 아쉬웠다. 만약 오크 로드보다 레벨도 낮은 카이가 슬레이어 칭호를 획득했다면, 추가 옵션도 주렁주렁 달렸을 테니까.

'그나마 다행인 게 있다면, 그녀는 오크 로드와 결투를 치르지 않았다는 점인가.'

그녀는 오크 로드와 말조차 섞지 않고 멱을 따버린 듯하다. 덕분에 자신은 무사히 우르간과 결투를 성립시켰고, 용맹한 전사라는 칭호를 손에 넣었다.

"칭호 도감."

카이가 얻지 못했던 칭호를 그녀가 가져갔듯이, 그녀가 얻지 못한 칭호는 카이의 반짝이는 도감에서 모습을 드러냈다.

[용맹한 전사]

[등급 : 스페셜]

[내용 : 오크 로드와 전사의 결투에서 승리한 자에게 주는 칭호]

[효과 : 자신보다 레벨이 높은 적을 상대할 시, 모든 능력치

"예에에스!"

카이는 자신이 녹화 중이라는 것도 잊은 채 비명을 내질렀다. 이 칭호는 그만한 대접을 받을 가치가 있었다.

'대체 이게 무슨 효과야? 이런 건 들어본 적도 없어!'

머릿속으로 수많은 몬스터가 스쳐 지나갔다.

'내 레벨은 이제 겨우 65.'

걸어온 길보다 걸어갈 길이 많이 남은 카이!

그런 만큼 성장의 기폭제가 되어줄 수 있는 이 칭호의 능력은 가뭄 속의 단비처럼 달콤했다.

"아니, 멀리 볼 것도 없지."

고개를 돌려보니 오크 주술사와 검은 벌 길드원들은 아직도 싸우고 있었다. 잠시 싸움을 구경하던 카이가 서둘러 스테미너와 체력을 회복하기 시작했다.

"저기도 술래 한 명이 필요해 보이는데?"

"포션! 아무거나 좋으니까 포션 좀 내놔!"

얼굴이 하얗게 질린 클라드가 다급한 목소리로 소리쳤다.

"젠장, 선배한테 넘겨준 포션이 몇 갠데요? 저도 이제 없어요!"

"저도 아까 넘겨준 게 전부입니다."

"지금 제 체력도 못 채우고 있잖아요!"

"조금만 버티세요! 다 잡았으니까 바로 마을로 돌아가서 치료하면 됩니다."

"그나저나 이 녀석, 마법 방어력이 뭐 이리 높아?"

검은 벌 길드에 스카우트 될 정도의 마법사라는 건, 최고의 재능을 지녔다는 소리나 다름없다.

그런 이들 일곱 명이 달라붙었으니 아무리 오크 주술사라고 해도 영원히 버틸 리가 만무. 20여 분 동안의 긴 전투 끝에 남은 녀석의 체력은 고작 7%에 불과했다.

"젠장, 누가 그걸 몰라서 묻나? 버틸 수가 없으니까 달라고 하는 것이다!"

검은 벌 길드의 기대를 한 몸에 받고 있는 차세대 랭커,

길드 역사상 가장 빠른 성장 속도를 보인 유망주!

말할 수 없는 비밀을 감춘 사내, 클라드는 포션을 달라고 생떼를 부리며 자신의 생명력이 지속적으로 떨어지는 것을 확인했다.

8%, 7%, 6%…….

초마다 떨어지는 체력!

마치 시한부 선고를 받은 환자처럼 퀭하던 눈빛은 순식간에

사라졌다. 그 자리를 대신한 것은 분노와 독기, 클라드는 고개를 돌리며 저주를 퍼부었다.

"감히 우리를 물 먹인 죄! 이건 반드시 길드 차원에서 복수를……"

말을 이어가던 그의 목소리가 점점 작아졌다.

'이 녀석…… 대체 언제 오크 로드를 잡았지?'

오크 로드가 있던 자리에는 어느새 반짝이는 폴리곤만이 남아 있었다. 동시에 등골이 서늘해지고, 끓어오르던 피가 차갑게 식어버렸다.

'그렇다면 언노운은?'

만약 자신이 놈과 같은 처지였다면 이다음에 어떻게 움직였을까?

행동을 유추하려면 대상의 특성을 파악해야 하는 법. 클라드의 머리가 빠르게 굴러갔다.

'놈은 사냥꾼이다, 이건 의심할 여지가 없어.'

그것도 보통 사냥꾼이 아니다. 무려 세계 10대 길드 중 하나인 검은 벌까지 먹어치우려는 포악하고 욕심 많은 사냥꾼이다.

클라드의 고민은 그 사실을 깨닫는 순간 끝났다. 그는 목에 핏대를 잔뜩 세우고 소리쳤다.

"조심해라!"

다른 파티원들에게 경고를 내뱉는 순간 클라드는 깨달았다,

이미 늦었다는 걸.

[사망하셨습니다.]

회색으로 바뀌는 그의 화면이 마지막으로 담은 건, 하늘에서 떨어지는 해골들이었다.

카이는 놀 언데드 치프의 스태프를 사용해 50레벨 놀 스켈레톤을 소환할 수 있다.

여태까지 그것은 몇 번이나 카이의 목숨을 구해주었고, 그것으로 인해 불가능하다고 생각했던 싸움을 뒤집은 적도 있었다.

'하지만 이제는 안 통해.'

오크 로드를 상대할 때 놀 스켈레톤을 소환하지 않은 이유도 간단했다.

어차피 상대가 안 되니까.

고작 50레벨짜리 일반 몬스터가 90레벨짜리 레이드 몬스터를 상대로 버틸 리 없다. 아무리 태양의 사제가 지닌 강력한 버프를 준다 해도 그 사실이 변하지는 않는다.

'웜 리자드한테도 한 방 컷을 당하던 녀석들이니 안 봐도 뻔하지.'

그래서 카이는 놀 스켈레톤들을 소환하고 싶어도 참았다. 오크 로드에게는 통하지 않을 것이라 생각했고, 그건 오크 주술사에게도 마찬가지였다.

하지만 그가 이 자리에서 잡아야 하는 건 오크 두 마리가 전부는 아니었다.

"이, 이건……."

"언노운 영상에 나오던 해골들이다!"

"심지어 그때보다 숫자가 많아!"

바로 검은 벌 길드, 놀 스켈레톤은 처음부터 그들을 위해 남겨놓은 패였다.

물론 평균 레벨이 80이 넘어가는 검은 벌 길드원들이 놀 스켈레톤을 무서워할 리는 없다. 고작 50레벨인 놀 스켈레톤의 공격력이나 생명력은 그들이 무시할 만한 수치였으니까.

"흥! 스켈레톤 따위, 태워버리면 그만."

"지금 보니 레벨도 겨우 50이군."

"감히 우리를 이름도 기억 안 나는 쓰레기 길드와 비슷하게 생각한 건가?"

푸욱! 푸욱!

확실히 방어를 도외시하고 돌진하는 여덟 마리의 놀 스켈레톤은 성가셨다.

오크 주술사와 대치 중인 검은 별 길드원들이 한 번씩은 공격을 받았을 정도였다. 하지만 아프기는커녕 간지럽지도 않은 수준, 그것이 전부였다.

'이런 게 안 통한다는 건 언노운도 알고 있을 텐데……'

'대체 왜 이런 무의미한 짓을 하는 거지?'

'뭔가 별다른 노림수라도 있는 건가.'

이해를 할 수 없는 언노운의 행동이 도무지 납득이 되지 않았다, 짧은 메시지창 하나가 떠오르기 전까지는.

[페르메의 독에 중독당했습니다. 상태 이상 '중독'에 걸렸습니다.]

[해독되기 전까지 초당 1,000의 대미지를 입습니다.]

"뭣……!"

"이건 설마 클라드 선배가 당했던……?"

"언노운만 사용 가능한 스킬 아니었어?"

"당했다, 해골들 단검에 독을 발라놓은 거야!"

그야말로 허를 찌르는 한 수!

게다가 진정 무서운 건 처음부터 이 방법을 사용하지 않았다는 점이었다.

'무서운⋯⋯!'

'설마 처음부터 선배 한 명만 중독시킨 게 계산된 움직임이
었나?'

'그로 인해 우리의 포션을 모두 선배가 소모했지.'

'게다가 오크 주술사만 처치하면 살 수 있다는 희망까지 안
겨줬다⋯⋯.'

만약 처음부터 여덟 명 모두 중독되었다면, 그들은 과연 오
크 주술사와 싸웠을까?

"그럴 리가."

카이는 확신했다, 죽었다 깨어나도 그럴 일은 없을 거라고.
그들은 몇 명이 죽는 한이 있더라도 도망치는 것을 선택했을
것이다.

카이는 그들 모두를 쫓아다니면서 죽일 자신도, 실력도 없
었다. 그렇다고 그들을 용서할 마음은 더더욱 없었다.

'날 먼저 건드린 놈은 용서 안 하거든.'

은혜는 두 배로, 원수는 생각날 때마다 갚는다!

독특한 계산법을 지닌 카이가 천천히 검은 벌 길드원들에게
다가갔다.

오크 주술사와 싸우느라 체력 상태가 엉망이던 검은 벌들
은 주춤주춤 뒤로 물러났다.

"뒤, 뒤로 빠지면서 캐스팅 해!"

"우리가 죽더라도, 일점사를 하면 저 녀석 하나쯤은……."

"데려갈 수 있다!"

일곱 명의 마법사가 쏘아낸 수십 다발의 주문이 카이에게 날아갔다.

어두워진 하늘을 수놓는 다채로운 빛깔들!

얼핏 보면 아름답지만, 저걸 얻어맞으면 아름답다는 말이 나오지는 않을 것이다.

하지만 카이는 눈 하나 깜빡하지 않았다.

'신성 폭발.'

후끈!

순식간에 주변의 온도가 높아진 것처럼 카이의 몸을 다시 달아올랐다. 뜨거워진 카이의 몸이 산들바람처럼 가볍게 움직였다.

콰아앙! 콰앙! 파지지지직!

땅이 파이고, 나무가 불타고, 얼음 기둥이 솟아오르는 끔찍한 마법들의 카이 한 사람을 향해 집중됐다. 하지만 카이는 그 모든 마법의 영향 범위를 아슬아슬하게 벗어나며 그들에게 접근했다.

"미친 거 아니야?"

"그, 그걸 전부 피했다고?"

"이건 말도 안 돼!"

보고도 믿기지 않는, 아니, 오히려 당사자이기에 더더욱 믿을 수 없는 광경!

카이는 경악으로 물든 그들과 얼굴을 마주하며 짧게 대꾸했다.

"되는데요?"

그의 검집이 검을 토해내며 서늘하게 짖었다.

스르릉! 서걱, 서걱!

맹수의 날카로운 송곳니처럼 검은 벌 길드원을 거칠게 물어뜯는 검격!

오크 주술사와의 전투로 인해 생명력이 떨어져 있었고, 애초에 마법사인 그들은 근접 전투력 자체가 높은 편이 아니었다.

그래서 신성 폭발까지 사용한 카이를 막을 수 없었다. 시간이 흐를수록 움직임을 멈추고 폴리곤으로 화하는 마법사의 수가 늘어났다.

푸욱!

"커어어억……."

마지막 검은 벌을 쓰러트린 카이가 힐긋 시선을 내렸다.

화면의 아래서 확인한 신성 폭발의 지속 시간은 32초.

글렌데일의 성자 칭호를 획득하고 선행 스탯이 30이나 올라가면서, 신성 폭발을 운용할 수 있는 시간도 약간이나마 늘어났다.

'그래도 부족해! 고민할 시간 따위는 없어!'

카이가 바닥을 박차고 질풍처럼 튀어나갔다.

[용맹한 전사 효과가 적용됩니다.]

[일시적으로 모든 스탯이 10 상승합니다.]

주변 풍경이 엿가락처럼 늘어지며 오크 주술사의 근처까지 접근한 순간 카이는 주저하지 않고 검을 휘둘렀다.

"……!"

카이의 속도에 깜짝 놀란 오크 주술사는 자신의 지팡이를 바닥에 찍었다.

쿵, 쿵, 쿵!

지팡이와 땅이 부딪칠 때마다 하늘을 울리는 굉음들!

콰르르릉, 콰르릉. 화르르륵!

라이트닝 마법이 하늘에서 떨어지고, 대기 온도를 몇 도나 끌어올리는 화염 마법이 카이의 주변을 에워쌌다.

'도핑 3종 세트!'

카이는 오른손으로는 검술을 펼치면서, 왼손으로 인벤토리의 도핑 3종 세트를 꺼내 단숨에 들이켰다.

[5분 동안 각종 상태 이상 저항력이 증가합니다.]

[5분 동안 모든 속도가 증가합니다.]

[5분 동안 물리 공격력과 마법 공격력이 증가합니다.]

용솟음치는 힘과 함께 카이의 눈에서 다급한 감정이 새어 나왔다.

'죽었다 깨어나도 여기서 물러나면 안 돼!'

어차피 신성 폭발의 지속 시간이 끝나면 마법을 피하면서 이렇게 가까이 다가올 수도 없다.

즉, 죽이 되든 밥이 되든 여기서 승부를 봐야 하는 상황!

[4,781의 대미지를 입었습니다.]

[상태 이상 '동상'에 걸렸습니다. 움직임이 느려집니다.]

[4,157의 대미지를 입었습니다.]

[상태 이상 '화상'에 걸렸습니다. 초당 350의……]

[3,187의 대미지를 입었습니다.]

한 방, 한 방 얻어맞을 때마다 난파선처럼 요동치는 카이의 생명력!

카이의 입도 빠르게 움직였다.

"햇살의 따스함, 햇살의 따스함, 햇살의 따스함!"

솔직히 카이는 아무리 얻어맞아도, 어떤 상태 이상에 걸려도 상관없었다.

'한 방에 죽지만 않으면 된다!'

카이에게는 햇살의 따스함이 있었다.

"취이익?"

몇 번이나 마법 주문을 얻어맞은 카이가 쓰러질 기미를 보이지 않자, 오크 주술사가 당황하는 것이 보였다.

상대방의 체력이 닳는 속도보다, 자신의 체력이 닳는 속도가 빠르다!

그것을 깨달은 순간 몸을 뒤로 물리고 싶었지만, 이 싸움은 이미 외줄 타기와 다름없었다. 뒤로 물러나는 쪽이 모든 것을 잃고 패배하는 싸움이 되어버린 것이다.

콰아아앙! 화르르륵! 서걱, 서걱, 푸욱!

창과 방패 따위가 아닌, 창과 창의 대결!

회피나 방어를 도외시한 공격이 서로를 향해 쉴 새 없이 쏟아졌다.

"취이이익! 죽어라, 인간!"

"영웅은 죽지 않아!"

호기롭게 소리친 카이의 눈이 번쩍 빛났다.

'지금이다!'

아무리 오크 주술사라고해도 스킬과 스킬을 사용하는 간격, 즉 쿨타임은 존재할 수밖에 없다.

마법을 수십 번이나 얻어맞으며 그 쿨타임을 몸으로 기억한 카이는 돌연 자신에게 날아드는 얼음의 창을 피해냈다.

"취이이익? 피, 피하면 안 되는 거 아닌가!"

갑작스런 카이의 움직임에 당황한 오크 주술사가 다급하게 외쳤다. 하지만 카이는 계약서에 명시된 엄격한 법이 아닌 암묵적인 룰 따위는 무시하는 쿨한 남자!

동시에 그의 어깨와 손목이 회전하며 손에 든 검에 그 힘을 부여했다.

이 한순간을 위해 아껴뒀던 비장의 스킬!

"칼날 쇄도!"

드릴처럼 회전하며 비행한 깨달은 자의 롱소드는 오크 주술사의 옆구리를 뚫고 들어가 그대로 심장을 관통했다.

"취에에엑!"

돼지 멱을 따는 것처럼 구슬픈 비명이 오크 부락 전체에 울렸다.

그 순간 카이의 얼굴이 핼쑥해졌다.

[신성력이 부족하여 신성 폭발 스킬이 종료됩니다.]

[신성력이 모두 고갈되었습니다. 30% 이상이 될 때까지 모든 능력치가 10% 하락합니다.]

'마, 망했다……!'

신성 폭발이 1초 남았을 때, 모든 것을 걸고 내지른 도박같은 마지막 공격이었다. 만약 이것으로 놈이 죽지 않는다면 당하는 건 거꾸로 자신이 될 터였다.

바짝 얼어 있는 카이의 시야에 한 줄의 메시지창이 더 떠올랐다.

'제발…… 죽어라, 죽어라, 죽어라!'

하지만 아쉽게도 오크 주술사의 죽음을 알리는 메시지가 아니었다.

[밤이 되었습니다.]

[모든 몬스터의 능력치가 30% 증가합니다.]

[아이템 드랍률과 경험치가 20% 증가합니다.]

"이런 젠장, 진짜 망했다!"

카이가 울상을 지으며 한탄했다.

재수 없는 놈은 뭘 해도 재수가 없다더니!

모기에 물린 것도 서러운데 하필 물린 곳이 발바닥인 것처럼 짜증 나는 기분이었다. 그러는 동안에도 오크 주술사는 천천히 카이에게 다가왔다.

"취이익, 취이이익……."

씩씩거리며 거친 숨을 내쉬는 오크 주술사는 카이와의 거리를 점점 좁혔다.

"어, 어? 잠깐만, 너무 다가오는데?"

당황한 카이는 다가오는 오크 주술사를 피해 옆으로 몸을 날렸다.

그러자 쿠웅! 하는 큰 소리와 함께 쓰러지는 오크 주술사!

확인을 해보니 놈의 생명력은 이미 0%였다..

"후, 후아……."

전투에 몰입을 하느라 꽉 붙들고 있던 긴장감도 동시에 풀려버리며 몸이 그대로 무너졌다.

흙과 모래가 온몸에 묻었지만, 지금은 그 느낌조차 나쁘지 않았다.

[토벌 포인트를 1,000 획득합니다.]

[오크 주술사 퇴치 퀘스트를 성공적으로 완료했습니다.]

[아르센 남작을 찾아가십시오.]

[야간 보너스가 적용됩니다.]

[레벨이 올랐습니다.]×2

[스탯 포인트를 10개 획득합니다.]

[스페셜 칭호, '오크 주술사 슬레이어'를 획득합니다.]

오크 로드, 오크 주술사, 그리고 검은 벌 길드까지!

한 번의 낚시로 세 개의 물고기를 낚은 보상은 절대 빈약하지 않았다.

'이야, 야간 보너스 타이밍도 기가 막히네.'

오크 주술사가 죽기 전에 밤이 되었다. 덕분에 야간 보너스가 드랍률과 획득 경험치에 적용된 것이다. 그래서 기여도가 바닥임에도 불구하고 레벨이 2나 오른 것이다.

이 말도 안 되는 행운에 헛웃음을 짓는 카이의 시야로 바닥에 널브러져 있는 보상들이 보였다.

"피곤해도 할 건 해야겠지."

오크 로드, 오크 주술사, 그리고 검은 벌 길드원들까지!

과연 그 녀석 중 누가 가장 좋은 아이템을 뱉어냈을까?

행복에 겨운 고민을 이어가던 카이는 피로조차 잊고 자리에서 벌떡 일어났다.

✦ 19장 ✦
토벌이 끝나고

"우선 칭호 확인부터."

[오크 주술사 슬레이어]

[등급 : 스페셜]

[내용 : 오크 주술사를 최초로 처치한 유저에게 주는 칭호.]

[효과 : 마법 방어력 +10%(이 효과는 칭호를 착용하지 않아도 적용됩니다.)]

'음…… 생각보다 별로네?'

오크 로드가 줬던 용맹한 전사에 비하면 살짝 수준이 떨어지는 칭호였다. 심지어 페르메를 잡고 획득했던 여왕 살해자보다도 부족해 보였다. 하지만 그래도 스페셜 칭호다.

"없는 것보다는 낫겠지."

칭호 효과는 다소 아쉬웠지만, 다른 보상들이 이 아쉬운 마음을 달래주기를 바랄 뿐이었다.

카이가 천천히 장비들을 감정해 나갔다.

[갈구하는 핏빛 양날 도끼]

등급 : 유니크

공격력 145~189

힘 +20

체력 +8

착용 제한 : 레벨 90, 힘 320, 도끼술 중급 1레벨.

내구도 67/120

설명 : 오랜 시간 전장을 누빈 병기는 피를 갈구하게 됩니다. 피를 부르는 귀병(鬼兵)의 주인이 되고 싶다면, 누구보다 전장을 좋아해야 할 것입니다.

[특수효과]

도끼날에 피가 묻어 있는 동안 공격력 10% 증가.

'유니크네.'

우르간을 잡고 나온 도끼였다. 옵션을 확인하자 녀석의 공격을 전부 피했다는 것이 천만다행으로 느껴졌다.

한 대라도 맞았으면 그대로 하늘에 계신 헬릭 님을 만났을 지도 모르는 일이었다.

'도끼날에 피가 묻어 있으면 공격력이 10%나 증가된다라……. 전사들이 좋아하겠어.'

골렘이나 슬라임 같은 몬스터를 상대하는 것이 아니라면 옵션이 항시 발동이나 다름없었다.

"괜찮네. 그럼 다음은……."

유니크 아이템을 보고도 덤덤한 표정을 짓던 카이의 입가로 감출 수 없는 미소가 스며들었다.

'오크 주술사 이 기특한 녀석! 야간 버프를 받아서 그런가? 아이템을 두 개나 뱉을 줄이야.'

물론 골드는 제외하고 아이템만 두 개가 나온 것이다.

[기억하는 자의 지팡이]

등급 : 유니크

주문력 220~234

지능 +14

착용 제한 : 레벨 89, 지능 315

내구도 82/94

설명 : 게을러서 주문을 외우기도 귀찮아하던 한 천재 마법사가 장난삼아 만든 지팡이다.

[특수 효과]

마나 재생능력 +10%

메모라이즈 스킬의 슬롯 2칸 추가

"호오! 또 유니크잖아?"

앞서의 도끼와 마찬가지로 유니크 등급이었지만, 카이의 반응은 사뭇 달랐다.

유니크 양날 도끼도 물론 엄청난 아이템이라는 건 부정할 수 없다. 허나 근접 클래스, 그것도 그중 일부만이 익히는 스킬이 바로 도끼술이다.

한 마디로 양날 도끼는 일종의 비주류 무기라는 소리!

'하지만 스태프는 달라.'

지팡이는 대다수의 마법사가 사용한다. 네크로맨서나 소환술사, 원소 마법사를 가리지 않고 두루두루 쓰이는 메이저 무기다. 그리고 메모라이즈는 마법사라면 누구나 배우고 싶어 하는 스킬이다.

'주문을 미리 슬롯에 저장해놓았다가 시동어만 외쳐서 바로 쓰는 스킬이야. 물론 스킬 북으로밖에 배울 수 없어서 엄청 희귀하지만.'

메모라이즈 스킬의 슬롯은 숙련도에 따라 다르지만, 많아 봐야 5칸이다.

'그런데 이 스태프를 장비하는 것만으로 2칸이 추가된다고?'

이 스태프는 90레벨대의 마법사에게는 사고 싶어도 없어서 못 사는 물건, 아니, 100레벨 이상의 마법사도 경우에 따라서는 이 스태프가 욕심 날수도 있었다.

'진짜 로또라도 하나 사봐야 하나? 아니지, 여기에 로또 당첨될 운을 끌어다 쓴 건가?'

이러면 어떻고, 저러면 어떠리!

카이는 인벤토리에 차곡차곡 쌓여가는 유니크 무기들을 사랑스러운 연인처럼 쳐다봤다.

'그러고 보니 페르메의 독니도 팔아야 하고……. 경매장에 한 번 가야겠네.'

카이는 시간 끌 것 없이 빠르게 책을 감정했다.

[스킬 북-주문 저항의 피부(Passive)]

등급 : 유니크

사용 제한 : 60레벨 이상

설명 : 시전자의 마법 방어력이 큰 폭으로 증가합니다.

"헉!"

카이의 눈이 부릅떠졌다.

'또니크다!'

또 유니크라는 말을 세 글자로 줄여 버리는 카이!

게다가 이건 무려 마법 저항력을 올려주는 스킬 북이다.

그 순간 카이의 뇌리로 검은 벌들의 불평이 떠올랐다.

'분명 오크 주술사의 마법 방어력이 왜 이렇게 높냐고 불평을 했었지.'

역시 미드 온라인에 원인 없는 결과는 없는 법!

카이는 반짝이는 책을 들어 올렸다.

"이 정도 스킬 북을 팔면 못해도 억이야."

하지만 냉정히 따져봤을 때, 지금 당장 돈이 필요한 건 아니었다.

'내가 사용하는 게 낫지.'

만약 본인이 사용을 못 하거나, 별 쓸모가 없는 스킬이라면 고민하지 않고 팔았을 것이다.

하지만 주문 저항의 피부는 우선 배워두면 무조건 이득인 스킬이다. 게다가 별 볼 일 없어 보이던 오크 주술사 사냥꾼 칭호와의 시너지까지 생각한다면?

카이의 고민은 길게 이어지지 않았다.

"스킬 북 사용."

[스킬 북-주문 저항……]

"어."

['주문 저항의 피부' 스킬을 획득합니다.]

[초급 주문 저항의 피부 LV. 1 Passive]

마법 방어력이 30% 증가합니다.

숙련도 0/100

고작 한 줄짜리의 단출한 설명!

하지만 설명이 단순해서 그런지 더 직관적이었다.

'숙련도가 아직 초급 1레벨인데 마법 방어력이 30% 증가라……'

게다가 이런 종류의 패시브 스킬은 딱히 숙련도 노가다를 할 필요도 없었다.

'마법사들한테 열심히 두드려 맞으면 숙련도가 올라가겠지.'

운이 좋다고 해야 할지, 카이는 이미 검은 벌 길드에게 단단히 찍힌 상태!

모호한 표정의 그는 스킬의 효과에 크게 만족했다.

"제법 비싸긴 하겠지만, 마음에 들어."

제법 수준이 아니라 억 소리가 나오는 스킬 북이었지만, 카이는 전혀 아깝지 않았다.

'이건 곧 나에 대한 투자야.'

어차피 현재 자신은 랭커들에 비해 여러모로 떨어진다.

그런 자신이 그들을 따라잡으려면?

'지금처럼 몇 배로 더 노력하고, 몇 배로 더 돈을 지르고, 몇 배로 더 운이 좋아야지!'

그야말로 고생 길이 훤히 열린 것 같은 앞날!

옅은 한숨을 내쉰 카이는 검은 벌 녀석들이 떨어뜨린 아이템은 없는지 살펴봤다.

"음…… 이 거지들. 고작 이거 하나야?"

그들의 시체를 한 바퀴 돌아보던 카이가 멈춘 곳은, 클라드가 죽은 장소였다.

'그래도 대장이라고 뭘 떨어뜨리긴 하네.'

그렇게 주워 올린 것은 허름하고 낡은 팔찌였다.

"아이템 감정."

[길잡이의 수색 팔찌]

등급 : 매직

물리 방어력 260

마법 방어력 275

착용 제한 : 레벨 50

내구도 32/75

설명 : 고대왕이 잠든 곳을 알고 있는 길잡이가 아끼던 팔찌이다.

"에이."

한동안 레어, 유니크 등급의 아이템만 봐서 그런지 눈이 높아진 카이!

"좀 좋은 것 좀 들고 다니지. 고작 매직……"

말을 잇던 카이의 미간이 좁혀졌다.

'잠깐만, 검은 벌에서 밀어주는 최고의 루키가 매직 아이템을 장비하고 다닌다고?'

아니, 그게 아니다. 기억을 더듬어봤지만, 클라드는 이런 팔찌를 장비한 적이 단 한 번도 없었다.

"그럼…… 인벤토리에서 떨어졌다는 소리?"

아무래도 재수 없게 인벤토리에 있던 잡템이 떨어진 모양이었다.

'뭐, 그래도 다른 곳에서 이득을 충분히 봤으니까.'

남들은 평생 가도 하나를 보기 힘들다는 유니크 아이템만 세 개를 먹었고, 70골드는 덤이다.

물론 레이드 보스 몬스터 두 마리를 독식한 결과였으니 이상할 건 없었다.

'일이 너무 잘 풀려서 뒤가 좀 싸하긴 한데……'

탁, 탁.

길잡이의 수색 팔찌를 몇 번이고 던졌다가 받은 카이는 그 것을 인벤토리 구석에 처박았다.

"뭐, 이거 주웠으니 액땜했다고 치면 되나?"

"정말 고맙네, 이 마음을 어찌 표현해야 할지……."

"솔직히 이번에는 고생 좀 했습니다."

아르센 남작의 두꺼운 손에 붙잡힌 카이의 팔이 연신 덜렁 덜렁 줄넘기처럼 출렁였다.

그만큼 반갑고 고맙다는 뜻!

적당히 인사를 마친 두 사람은 의자에 앉아 이야기를 이어 나갔다.

"아들을 비롯한 병사들의 생명을 구해줘서 정말 고맙네. 자 네 덕분에 큰 피해를 면할 수 있었어."

"다른 분들이 많이 도와줘서 가능한 일이었습니다."

"자네의 겸손은 정말……."

카이가 미소를 지으며 겸손을 떨자 아르센 남작이 고개를 절레절레 흔들었다.

하지만 그것도 잠시, 그의 눈빛이 날카롭게 변했다.

"벌들이 좀 꼬였다는 이야기는 들었네."

"예, 아주 속이 겉과 속이 시커먼 말벌 몇 마리가 꼬였더군요. 죽다 살아났습니다."

"해충을 박멸하는 데에도 일가견이 있는 줄은 몰랐네만."

"박멸이요? 아닙니다. 그저 잠시 쫓아냈을 뿐입니다."

"흐음."

아르센 남작의 눈이 깊어졌다.

"……모험가들 사이에서 제법 대단한 세력이라고 들었네. 괜찮겠나?"

"뭐 어쩌겠어요. 도저히 남작님의 부탁을 거절할 수는 없었거든요."

"허허! 사람 참, 듣기 좋은 소리만 하는군. 걱정하지 말게. 이 도시 안에서만큼은 누구도 자네를 건드릴 수 없게 만들어 주지."

"말씀만으로도 감사드립니다."

글렌데일 한정이지만, 귀족의 전폭적인 지지를 등에 업은 카이는 한시름을 놓았다.

제아무리 검은 벌 길드라고 해도, 글렌데일까지 들어와 말썽을 부리지는 못할 것이다, 그들은 언노운이 자신이라는 것조차 모르고 있겠지만.

'프리카에서도 그렇고, 여기서도 그렇고…… 나는 왜 항상

길드 놈들이랑 엮이는 거지?'

게다가 검은 벌은 이전 놈들과는 비교도 안 되는 거대 길드였다. 카이가 골머리를 앓고 있는 사이, 책상으로 다가간 아르센 남작은 편지지 하나를 집었다.

"자네가 내 부탁을 성공적으로 수행해줬으니, 약속했던 보상을 지급해야겠지. 받게나."

"이건……?"

카이가 편지지를 받자 메시지들이 터져 나왔다.

['유망주' 칭호를 획득합니다.]

[아르센 남작의 호감도가 상승합니다.]

[아르센 남작의 추천장을 획득합니다.]

'어? 유망주는 스페셜 칭호가 아니었구나.'

오랜만에 보는 일반 칭호가 오히려 반가울 지경이었다.

하지만 일반 칭호가 좋아 봤자 얼마나 좋겠는가.

칭호의 정보를 확인조차 하지 않고 곧장 편지지를 살피던 카이의 얼굴이 딱딱하게 굳었다.

"어……? 나, 남작님! 이건 대체?"

"말했잖나? 보상일세, 내 도시의 성자를 위해 영주로서 줄 수 있는 최고의 보상."

아르센 남작이 진한 미소를 지었다.

"하지만 이건……."

어느새 눈빛이 몽롱하게 변한 카이!

지금 이 순간만큼은 유니크 무기고 뭐고, 이 편지가 그 가장 소중했다.

"자네에게 무슨 보상을 줘야 할지 고민을 많이 했네. 강력한 무구를 줄 수도 있고, 다른 던전에 대한 정보와 의뢰를 줄 수도 있었지. 하지만 모험가들은 기본적으로 떠도는 자들 아닌가? 자네 또한 얼마 안 있어 이 도시를 떠나겠지. 그래서 한번 준비해봤네. 마음에 드는가?"

"그야…… 마음에 들다 못해 감격스러울 정도입니다!"

카이가 반응은 절대 과장이 아니었다.

왜냐하면, 현재 그의 손에 잡힌 편지지는 무려 아르센 남작의 추천장이었기 때문이었다. 일개 마을의 촌장이었던 분터의 것과 비교도 안 되는 파급력을 지닌 물건이다.

비록 남작이기는 하지만, 아르센 남작은 귀족!

'거기다 수신인은 무려…… 바덴 성의 성주다!'

카이의 눈이 빛났다.

바덴 성은 불과 한 달 전까지만 해도 라시온 왕국의 최전방이라고 불리던 도시다. 이제는 고수들의 레벨은 이미 150이 훌쩍 넘었고, 최상위 랭커들은 180레벨도 넘겼지만, 바덴 성은 아직도 고수의 도시라는 이미지가 박혀 있었다.

'10대 길드 중에는 라시온 왕국에서 시작한 녀석들도 있지.'

그리고 그들 모두가 한때는 바덴 성에 모여 치열한 신경전을 벌였다.

물론 그 고래들의 싸움에 등이 터진 건 새우인 일반 유저들이었지만, 지금은 그런 위험을 겪지 않아도 된다. 그들은 이미 바덴 성 너머의 지역으로 떠났으니까.

"정말 감사합니다. 꼭 뜻깊은 곳에 쓰겠습니다!"

"아니…… 뭐, 자네 마음대로 쓰게나. 그나저나 저녁은 먹었는가?"

"아니요, 아직 못 먹었습니다."

"잘 됐군. 같이 저녁 식사나 하지, 소개해 줄 사람도 있고."

"소개…… 시켜 줄 사람이요?"

고개를 갸웃거리는 카이를 이끈 남작은 저택의 식당으로 향했다.

"오, 이미 와 있었군."

"헉……."

눈을 깜빡인 카이는 의자에서 천천히 일어나는 여인을 쳐다보고, 순간 헛바람을 삼켰다.

폭포수처럼 목을 넘어 어깨 아래까지 흘러내리는 흑발과 우윳빛처럼 새하얀 피부, 마지막으로 무슨 생각을 하는지 알

수 없는 무표정한 얼굴까지!

하지만 그런 사소한 것들은 아무래도 좋았다.

'예쁘다.'

어지간한 연예인…… 아니, 아이돌…… 아니, 여배우를 갖다 대도 밀리지 않는…… 아니, 아예 압도해 버리는 미모! 겨우 정신을 차린 카이는 그녀가 입고 있는 의복을 물끄러미 쳐다봤다.

'NPC?'

만약 아르센 남작과 얼굴을 맞댈 수 있는 유저라면, 카이처럼 추천장을 받지 않은 이상 장비가 좋을 것이 분명했다.

하지만 그녀가 입고 있는 옷은 다소 허름했다.

카이의 눈동자에 안타까움이 잠깐 생겨났다.

'내 초보자 시절이 생각나는구나. 춥고, 배고프고, 믿을 사람 아무도 없던 힘든 시절이었지.'

물론 그건 카이가 사제였기에 겪은 일이었지만!

하지만 카이는 한 가지만큼은 확신했다.

'그럼 그렇지. 저런 미모를 가진 모험가가 있을 리가 없어.'

분명 페가수스사의 모든 개발진이 머리를 한데 모아 디자인한 NPC가 분명할 것이다.

"……?"

카이의 속마음을 알 리 없는 그녀는 고개만 갸웃거릴 뿐이었다.

"둘 다 편히 앉게."

긴 식탁의 상석에 아르센 남작이 앉았고, 그 왼쪽으로는 부인과 아들인 아도르가 그리고 반대쪽에는 카이와 의문의 여인이 앉았다.

아르센 남작이 와인 잔을 높이 들어 올리며 부드러운 미소를 지었다.

"토벌대의 영웅에게 감사의 마음을 담아 건배를 하지."

"감사합니다."

자신이 일궈낸 성과를 누군가 칭찬해 주면 기쁠 수밖에 없다. 아르센 남작과 그의 가족들은 카이의 칭찬을 잠시도 쉬지 않았다.

"계속 그렇게 칭찬하시면 부끄럽습니다……."

"하하하! 자랑스러워해서도 좋을 일입니다. 대체 어디가 부끄럽습니까?"

"아도르의 말이 맞네. 자네는 너무 겸손한 부분이 없잖아 있어. 좀 더 자신감을 가지게."

"그래요, 아무리 겸손이 사제의 미덕이라지만, 정도가 과한 것도 좋지만은 않아요."

"새겨듣겠습니다."

토벌대의 승리를 이끈 주역들이 자리한 저녁 식사 분위기는 훈훈할 수밖에 없었다.

'그런데⋯⋯.'

카이의 시선이 자신의 왼쪽으로 향했다.

냠냠, 꼭꼭!

인형 같은 미모의 여인은 대화에 일절 참여하지 않은 채 조용히 음식을 먹는 중이었다. 정말 저녁 식사에 참여한 목적이 음식인 것처럼 보일 정도였다.

카이가 의문 섞인 표정으로 그녀를 바라보자, 아르센 남작이 자신의 무릎을 쳤다.

"아차, 내 정신이 이렇다네. 아직 두 사람을 소개시켜 주지도 않았구만."

얌전히 포크를 내려놓은 여인은 남작과 카이를 차례대로 쳐다봤다.

"이쪽은 카이, 매번 나와 영지에 도움을 주는 고마운 모험가일세. 이번에도 오크 로드와 오크 주술사가 그의 손에 마무리되었지."

"오크⋯⋯ 로드?"

멈칫.

카이를 쳐다보던 여인의 눈가가 파르르 떨렸다.

'뭐야⋯⋯. 갑자기 반응이 왜 저래?'

마치 끙끙 앓는 고양이처럼 안절부절못하는 그녀!

태도만 보면 뭐가 되었든 큰 잘못을 저지른 사람 같아 보인다.

"그리고 이 아름다운 여인은 자네와 같은 모험가일세."

"잠깐만요, 모험가라고요?"

이번에는 카이의 움직임이 멈췄다.

NPC인 줄 알았던 여인의 정체가 유저라고?

카이의 표정이 안색이 단번에 딱딱하게 굳었다.

'내가 글렌데일의 성자라는 것과 오크 주술사, 오크 로드를 잡았다는 것도 전부 들었을 텐데?'

그렇다면 방금 그 반응도 이해가 된다. 사람들이 제법 궁금해하는 언노운의 정체를 알아차렸기 때문일 것이다.

예상치 못한 위기에 카이의 인상이 찡그려지는 순간, 아르센 남작의 말이 이어졌다.

"아 참, 그녀의 이름은 유하린이라고 하네. 같은 모험가이니 자네와도 통하는 것이 많겠지."

'잠깐만, 유하린?'

카이의 동공이 크게 확장되었다.

'혹시 내가 아는 그 유하린은 아니겠지?'

유하린.

그 단어를 떠올린 카이의 머릿속으로 자연스럽게 베이거스를 때려잡던 플레이어가 떠올랐다.

하지만 미드 온라인은 중복된 닉네임도 허용된 게임!

랭커의 닉네임을 따라 하는 이들은 셀 수도 없이 많았다.

'그럼 이 사람도 단순한 유하린의 팬일까? 아니면…… 혹시 진짜?'

빠안.

자신을 뚫어져라, 보고 있는 카이의 눈빛이 부담스러운지, 유하린은 슬며시 고개를 돌렸다.

물론 그 정도의 귀여운 저항에 물러설 카이가 아니었다.

"반갑습니다, 카이라고 합니다."

"유…… 하린이에요."

"……."

"……."

통성명을 끝으로 두 사람 사이로 내려앉는 어색한 침묵!

그 모습은 마치 친구 여럿과 함께 몰려다닐 땐 서로 간에 대화도 곧잘 하지만 두 명만 남게 되면 급격하게 서먹해지는 친구 사이를 연상케 했다.

이 답답한 광경을 보다 못한 아르센 남작이 끼어들 정도.

"그녀는 낯을 많이 가리는 성격이네. 그래도 심성이 착하다는 것만은 확실해."

"그렇군요……."

카이는 마지못해 고개를 끄덕이며 시선을 거두었다.

'대놓고 묻기에는 그러니까…… 우선 좀 떠볼까?'

첫 만남에서 정보를 꼬치꼬치 캐묻는 건 예의가 아닌 법!

적당한 화젯거리를 찾던 카이는 그녀의 접시 위에 남아 있는 마지막 한 조각의 스테이크를 쳐다보며 부드러운 미소를 지었다.

"스테이크가 맛있으신가 봐요?"

"……!"

그 말에 유하린은 마치 도둑질을 하다가 걸린 사람처럼 화들짝 놀라더니, 접시를 자신의 앞으로 확 당기며 카이를 경계했다.

"제 거예요."

"……."

순식간에 음식 강탈범으로 몰리게 된 카이는 멍청한 표정을 지었다.

'아니, 그걸 누가 뺏어 먹는다고…….'

심지어 카이의 접시 위에는 손도 대지 않은 멀쩡한 스테이크도 있는 상태였다. 난생처음 받아보는 대접에 당황한 카이는 얼떨결에 자신의 접시를 내밀었다.

"빼, 뺏어 먹을 생각 없습니다. 혹시 스테이크 좋아하시면 제 것도 드실래요?"

말을 꺼냄과 동시에 아차 하는 마음이 가장 먼저 들었다.

'나 바보인가? 무슨 먹이로 동물 조련하는 것도 아니고, 유

치원생들한테도 안 통할 방법으로 경계심이 풀릴 리가……'

"그래도 돼요?"

'있네?'

어느새 경계의 눈초리가 사라진 그녀는 카이의 접시 위에 담긴 스테이크를 빤히 쳐다보더니, 그 큼지막한 눈망울을 들어 카이를 올려다봤다.

'크윽!'

계속 보면 심장에 해로울 것 같은 치명적인 눈빛!

카이는 자신도 모르게 고개를 휙 돌리며 접시를 내밀었다.

"드세요, 전 입맛이 별로 없어서."

"그럼 잘 먹겠습니다."

예의 바르게 고개를 꾸벅 숙인 그녀는 자신의 마지막 한 조각 남은 스테이크를 입안에 쏙 집어넣더니, 카이의 스테이크도 우아하게 썰어가며 먹기 시작했다, 그것도 엄청나게 빠른 속도로.

그녀가 식사하는 모습을 멍하니 바라보던 카이는 먹는 모습만 봐도 배부르다는 기분을 실제로 느꼈다.

'잘…… 먹네.'

그냥 잘 먹는 게 아니라, 끝내주게 잘 먹는다.

다른 사람이 음식을 저렇게 빨리 먹으면 게걸스럽다는 느낌을 받을 텐데 그녀는 달랐다.

나이프로 스테이크를 썰고, 포크로 고기를 찍어 입안에 가져가는 규칙적인 모습은 마치 대기업에서 톱스타 여배우를 주연으로 찍은 고깃집 광고 같았다.

'물론 외모는 이쪽이 더…… 아, 중요한 건 이게 아니지.'

그녀의 아름다움에 소기의 목적을 잊고 있던 카이는 겨우 정신을 차리고 조심스럽게 물었다.

"저…… 혹시 직업이 어떻게 되십니까? 이것도 인연인데 나중에 파티라도 한번 하고 싶어서요. 아! 참고로 전 사제입니다."

우물우물, 꼭꼭, 꿀꺽.

입안의 고기를 목구멍으로 넘긴 유하린은 냅킨으로 자신의 입가를 닦더니 큼지막한 눈망울을 깜빡였다.

"전직은 아직 못 했어요."

"그, 그러십니까?"

"네, 그리고 파티 사냥은…… 아무래도 레벨 차이가 많이 나서 무리일 것 같아요. 죄송해요."

'그럼 그렇지.'

후우, 카이의 입에서 진한 아쉬움과 안도감이 동시에 흘러나왔다.

'애초에 길 가다가 유하린을 만나는 것도 로또라고 불리는데, 이런 곳에서 만날 리가 있나.'

솔로 플레이만을 지향하는 그녀는 도시에서 만나기도 쉽지 않다고 들었다.

그야말로 모든 것이 베일에 싸여 있는 신비로운 인물!

'자, 그럼 이제 내 정보를 소문내지 못 하게만 하면 되는데……'

카이는 애써 태연한 표정을 고수하고 있었지만, 그가 처한 상황은 제법 심각했다.

만약 그녀가 자신에 대한 정보를 어딘가에 풀어버린다면 과연 그의 게임 인생은 어떻게 될까?

'당장 검은 벌 길드 놈들이 벌떼처럼 몰려오겠지.'

그때는 지난번과 같은 꿀벌이 아닌, 말벌들이 찾아올 것이다. 그리고 그 말벌들을 상대할 자신의 승률은 한없이 0%에 가까울 것이고.

'그것만큼은 절대 안 돼.'

물론 쉬운 길도 있다.

바로 자신의 직업을 공개한 뒤, 세계 10대 길드 중 한 군데에 들어가는 것이다. 하지만 이것은 정말 최후의 최후까지 내몰렸을 때 사용해야 하는 방법이다.

'애초에 난 세계 10대 길드 녀석들을 안 좋아하니까.'

결국 모든 선택은 눈앞의 유하린에게 달려 있는 셈이었다. 카이는 잔뜩 긴장한 표정으로 그녀가 식사하는 모습을 봤다.

냠냠, 꼭꼭.

그 집요한 시선에도 불구하고 유하린은 꿋꿋하게 모든 고기를 먹어치웠다.

———— ✺ ————

쿠웅.

저택의 대문이 굳게 닫히고, 그 앞에 선 카이와 유하린의 폐부로 시원한 밤공기가 스며들었다.

후우, 가볍게 숨을 내쉰 카이는 뭔가를 결심한 표정으로 입을 열었다.

"유하린 님."

원래 아쉬운 놈이 먼저 우물을 파는 법이다.

카이가 자신을 부르자 유하린은 고개를 돌리며 '왜요?'라는 눈빛을 보냈다.

"단도직입적으로 얘기하겠습니다. 저녁 식사 자리에서 들으신 모든 정보, 제가 구매하겠습니다."

카이가 선택한 것은 바로 정공법!

시간을 질질 끌수록 그녀의 생각은 길어질 테고, 그럼 지불해야 할 금액이 커질 수도 있었다.

"정보요?"

눈을 동그랗게 뜨고 무언가를 생각하던 그녀가 아! 하는 조그마한 중얼거림과 함께 입을 열었다.

"혹시 카이 님이 글렌데일의 성자이며, 이번에 오크 주술사와 오크 로드를 처치한 언노운……"

"자, 잠깐, 잠깐만요!"

순간적으로 당황한 카이는 그녀의 입을 막기 위해 손을 뻗었다.

획.

카이의 손길을 한 발자국 뒤로 물러난 것만으로 자연스럽게 피해버린 유하린!

'뭐, 뭐야. 반사신경이 왜 이래?'

그 깔끔한 백스텝에 감탄한 카이였으나, 지금은 그런 게 중요한 것이 아니었다.

자신의 무례를 깨달은 카이는 뒤로 한 발 물러나며 고개를 숙였다.

"죄송합니다. 제 마음이 너무 급했네요. 그 정보가 퍼지면 여러모로 곤란해지거든요."

"……"

잠시 눈을 깜빡거리며 가만히 카이를 쳐다보던 유하린이 돌연 자신의 고개를 붕붕 저었다.

카이의 심장도 철렁 내려앉았다.

'서, 설마 협상 결렬인가? 대가고 뭐고 그냥 내 정보를 퍼뜨리겠다는 건가, 그런 건가?'

하지만 카이의 걱정과는 다르게, 유하린의 입에서 흘러나온 말은 그에게 긍정적이었다.

"아무한테도 말 안 할게요."

"진심이세요……?"

대체 왜 아무 대가도 받지 않고?

이해를 못 한 카이가 머뭇거리자, 유하린이 조그맣게 중얼거렸다.

"오크 로드…… 죄송하니까……."

"예? 죄송한데 잘 안 들렸어요."

"아무 말도 안 했어요!"

그녀가 고개를 흔들면서 아무 말도 안 했음을 강력히 주장하자, 카이도 마지못해 인정했다.

당사자가 그렇다는데 어쩌겠는가.

'그리고 남한테 말을 안 하겠다는 것도, 솔직히 믿을 수가 없어야 정상인데…….'

저 얼굴로 말도 안 되는 소리를 하니 놀랍게도 신뢰도가 높아지는 기분!

만약 그녀가 다단계나 사이비 교주가 되었다면 지금쯤 빌딩을 몇 채나 세웠을 것이 분명하다.

'그래도 저 말 하나만 믿고 가기엔 또 불안하고, 미치겠네.'

하지만 여기서 계속 말을 이어 봤자, 결국 그녀를 못 믿겠다는 소리밖에 안 된다.

카이가 끙끙거리고 있자니, 그녀는 몸을 가볍게 떨며 자신의 한쪽 팔을 감쌌다. 입에서는 연신 하얀 입김이 나오는 걸 보니, 확실히 밤공기가 쌀쌀하기는 한 것 같았다.

'그러고 보니 입고 있는 장비가……'

현재 그녀는 허름해 보이는 반팔과 반바지를 입고 있었다.

차가운 밤공기를 막기에는 턱없이 부족해 보이는 의복!

'쯧, 저러니까 진짜로 나 초보자 시절 때가 생각나잖아.'

춥고 배고프고 서럽던 시절이었다. 그때의 카이도 밤만 되면 추위를 막지 못하는 얇은 의복 때문에 고생했었다.

그 모습이 안쓰러워 인벤토리에서 꺼낸 오크 가죽 두 장을 그녀에게 내밀었다.

상대방을 편안하고 기분 좋게 하는 것은 거래의 기본!

"일단 이거라도 걸치세요. 옷은 아니지만 걸치면 제법 따뜻할 겁니다."

"……?"

"아! 혹시나 해서 말씀드리지만 그렇게 비싼 건 아니에요. 잡화점에 팔아도 개당 2실버 정도밖에 안 되니까요."

초보자 시절의 2실버짜리 가죽 두 장은 제법 클 수도 있다. 유하린은 잠시 뭔가를 생각하는 표정을 짓더니, 이내 예의 바르게 고개를 숙였다.

"감사히 잘 쓸게요."

자신의 어깨 위에 오크 가죽 두 장을 얹은 유하린의 표정이 한결 풀렸다.

그리고 그 모습을 지켜보던 카이의 표정도 풀렸다.

'와, 어떻게 오크 가죽을 걸쳤는데도 그림이 되지……?'

드레스라도 입혀놓으면 안구 정화 수준이 아니라 시력이 올라갈 것 같다는 생각이 들 정도!

카이는 목소리를 가다듬으며 지나가듯 말했다.

"험험, 제가 유하린 님을 못 믿어서 점수 따려고 드리는 거 아닙니다. 저도 초보자 시절에 그 혹독한 추위를 겪어봤거든요. 그래서 드리는 거예요."

"아…… 고마워요."

그 말을 끝으로 다시 어색한 침묵이 내려앉았다.

'이렇게까지 했는데 설마 정보를 퍼뜨리진 않겠지?'

가장 확실한 건 자신의 레벨이나 능력치를 앞세워 초보자인 그녀를 협박하는 것이다. 하지만 그런 짓을 하면 자신이 가장 싫어하는 쓰레기들과 똑같은 사람이 될 뿐이다.

'그래, 내가 할 수 있는 건 여기까지.'

애초에 이 일도 누구를 탓할 수는 없는 일이었다. 아르센 남작도 나쁜 마음이 있었던 건 아니었다. 그는 유저들 사이에서 떠도는 언노운이니 뭐니 하는 것들을 몰랐을 뿐이니까.

복잡한 생각을 떨쳐 버린 카이의 표정이 한결 편안해 보였다.

"그럼 이만 가보겠습니다. 오늘 만나서 반가웠어요."

끄덕끄덕.

카이는 그녀에게 짧은 인사를 남긴 채 언덕길 아래로 내려갔다.

자리에 홀로 남게 된 유하린은 어깨 위에 걸친 오크 가죽 두 장을 한참이나 응시했다, 마치 타인의 호의를 처음 받아보는 사람처럼.

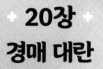

20장 ✦
경매 대란

　글렌데일의 경매장 NPC들은 기본적으로 항상 웃는 얼굴을 하고 있으며, 친절하다.

　왜 안 그렇겠는가?

　경매장을 찾는 모험가들은 물건을 판매하든, 구매하든 모두가 수수료를 지불하는 고객들이다.

　"번호표 하나 주세요."

　"예, 고객님…… 어!"

　밝게 웃으며 번호표를 뽑아주던 직원은 카이의 얼굴을 확인하더니, 양해를 구하곤 사라졌다.

　잠시 후, 그를 대신해 말끔한 의복을 차려입은 남자가 다가왔다.

　"안녕하십니까. 저는 이곳의 지점장 브레드라고 합니다."

"예……. 혹시 무슨 문제라도 있나요?"

"아닙니다. 오히려 카이 님의 업무를 도와드리기 위해서 왔습니다. 안쪽으로 가시지요."

사무적인 미소를 지은 브레드는 카이를 VIP룸으로 안내했다. 최소 몇백 골드 단위의 물품을 거래한 자들만을 위한 장소였다.

일반적인 유저가 게임 경매장에서 몇천만 원을 쓰는 경우는 매우 드물다. 즉 이 VIP룸을 이용할 수 있는 건 게임에 인생을 바친 이들 외에는 없다.

'저번에 등록한 물건들이 제법 비싸게 팔리긴 했지.'

대우를 해주겠다는데 마다할 이유는 없었다.

카이를 고급 소파에 안내한 브레드는 맞은 편에 앉으며 공손하게 물었다.

"이번에는 어떤 목적으로 경매장을 방문해주셨는지요?"

"지난번과 같은 판매입니다."

"그럼 이쪽 상자에 등록하실 물건들을 담아주십시오."

브레드는 제법 큼지막한 상자를 내밀었지만, 솔직히 카이의 물건에 큰 기대는 하지 않았다.

'첫 거래에 200골드 상당의 물건을 판매하신 고객님이군.'

이미 카이의 거래 내역은 빠삭하게 알고 있었기 때문이다.

그의 머릿속에서 카이라는 고객은 제법 뛰어난 레어 아이템을 판매하는 모험가였다. 이번에도 운이 좋아 봤자 지난번과 비슷한 수준의 아이템들을 등록할 것이라 예상했다.

"전부 담았습니다."

"그럼 확인하겠습니다. 판매 등록을 원하시는 물건은 페르메의 독니와 스킬 북인 검은 과부의 독, 갈구하는 핏빛 양날 도끼와……."

물건들을 하나씩 감정해 가던 브레드의 안색이 점점 하얗게 질리기 시작했다.

'이, 이 물건들은 대체!'

카이가 등록한 아이템은 고작 다섯 개뿐이었다.

하루에도 수십 개, 많으면 백 개가 넘게 등록을 하는 이들도 있었으니 절대 많은 숫자는 아니다. 하지만 적은 숫자에도 불구하고 아이템의 수준이 예사롭지 않았다.

'유니크 등급의 양날 도끼 하나와 스태프……. 그리고 유니크와 비교를 해도 손색이 없는 레어 등급 단검 하나와 레어 스킬 북이라니……!'

마지막에 매직 등급의 팔찌 하나가 껴있긴 했지만, 그것을 감안해도 대박 중의 초대박!

게다가 최근 경매장에는 쓸 만한 유니크 아이템이 등록되지 않고 있는 상태였다.

'그런 상황에서 이만한 물건들이 동시에 풀린다면…….'

경매 대란이 일어날 수도 있다!

그 사실을 빠르게 인지한 브레드는 침을 꿀꺽 삼켰다. 이 정도 규모의 거래가 불발되는 일은 절대 일어나서는 안 된다. 그래서 브레드는 조그마한 실수도 만들지 않으려 조심하고 또 조심했다.

"희, 희망하시는 경매 시작가를 말씀해주시겠습니까?"

"음, 지난번에는 직원분이 추천해주시던데요? 시세에 맞게."

"하지만 이런 고가의 물건은 판매하는 고객님께서 직접 가격을 정하시는 경우가 일반적입니다."

혹시라도 경매장 측에서 시세보다 싼 가격을 추천했을 경우, 신뢰도가 대폭 하락하기 때문이었다.

"으음, 그렇다면……."

카이는 자신의 물건들에 달린 태그에 호기롭게 가격을 써나갔다.

[페르메의 독니(레어), 60골드]

[스킬 북-검은 과부의 독(레어), 150골드]

[갈구하는 핏빛 양날 도끼(유니크), 300골드]

[기억하는 자의 지팡이(유니크), 500골드]

[길잡이의 수색 팔찌(매직), 1골드]

"이렇게 해주세요."

"바로 처리하겠습니다."

아직도 놀란 가슴을 진정시키지 못한 브레드는 고개를 90도로 숙이며 깍듯한 인사를 하고는 곧장 카이의 아이템을 등록했다.

그동안 카이는 자신의 앞에 놓인 생과일주스를 마시며 물건들의 가격을 떠올렸다.

'저 가격에 다 팔리면 천 골드가 넘겠네.'

물건들이 모두 팔린다면 한화로 무려 1억이 넘는 거금이다. 그때부터 카이는 돈 걱정을 할 필요가 없어지는 것이다.

'헝그리 정신? 세상에 그런 게 어딨어.'

자고로 등 따시고 배가 부른 놈이 뭘 해도 더 잘하는 법!

경매장에 물건을 성공적으로 등록한 카이는 졸린 눈을 비비며 로그아웃을 했다.

같은 시각.

검은 벌 길드의 유망주 클라드의 목울대가 크게 출렁였다.

그의 얼굴에서는 평소의 건방지고 당당한 표정을 찾아볼 수가 없었다. 오히려 어울리지도 않게 초조하고 겁먹은 표정으로 고개를 푹 숙이고 있었다.

영원히 이어질 것만 같았던 그 적막감은, 화상통화를 하고 있는 상대에 의해 박살 났다.

-뭘 드랍했다고?

"그, 그게……."

-닥치고 대답해라. 뭘 드랍했다고?

"기, 길잡이의 수색 팔찌…… 요……."

-이런 멍청한 놈!

콰아앙!

모니터에서 상대방이 책상을 난폭하게 내려쳤다. 동시에 클라드의 가슴도 철렁 내려앉았다.

평소 그의 성정을 생각하면 감히 누구에게 소리치냐며 욕을 한 사발 퍼붓고 전화를 끊었을 테지만, 모니터에 떠오른 상대는 클라드가 절대 거역할 수 없는 사람이었다.

"저, 정말 죄송합니다."

-죄송? 지금 죄송이라는 말이 나오나? 그 아이템이 어떤 아이템인지 모르지는 않을 텐데?

"반, 반드시 회수하겠습니다."

-젠장, 다른 10대 길드 놈들 눈을 피하겠다고 네놈에게 맡겨 놓는 게 아니었는데…… 앞으로 정확하게 일주일을 주겠…… 무슨 일이냐. 통화 중이라고 했을 텐데?

갑자기 화면에 한 사람이 더 끼어들었다. 그는 전화 상대의 귓가에 무언기를 속삭였다.

-뭐?

대체 무슨 말을 들은 것일까. 상대방의 얼굴이 일그러지더니 이전과는 비교조차 할 수 없는 고성이 터져 나왔다.

-당장 구매해라! 돈은 얼마가 들어도 상관없으니까!

잔뜩 쫄아 있는 클라드에게 상대방, 그러니까 검은 벌 길드의 마스터인 스팅이 서늘한 목소리로 경고했다.

-고맙다. 네놈이 칠칠치 못하게 흘린 그 물건, 지금 경매장에 올라왔다고 하는군.

"그, 그렇다면……."

-우리 길드에서 다시 팔찌를 회수한다면 한 번은 눈감아주지. 하지만 만약 다른 놈들이 팔찌를 손에 넣는다면…….

스팅이 살벌한 눈빛으로 클라드를 뚫어버릴 것처럼 쏘아보며 말했다.

-그때는 각오하는 게 좋을 거다.

"하, 한 번만 용서를……."

뚝.

더는 용건이 없다는 듯 전화가 꺼져 버렸고, 화면엔 통화 프로그램만이 깜빡였다.

"그, 그놈이 그 물건을 경매장에 등록했다고?"

설마 물건의 정체를 알고 있는 것일까?

아니, 그럴 리가 없었다.

그 물건은 몇 달 동안 메인 에피소드에 주력한 세력들만이 알 수 있다.

'오히려 잘되었어.'

놈이 그 가치를 모른다면 분명 싼 가격에 올렸을 터. 적당히 높은 가격으로 입찰을 한다면 되찾아 올 수 있을 것이 분명했다.

그렇게 결론을 내린 클라드는 어지러운 정신을 겨우 붙잡으며 컴퓨터를 켰다.

그가 접속한 곳은 미드 온라인의 경매장 사이트.

게임에 접속하지 않아도 경매장에 아이템을 등록하거나 입찰해 구입할 수 있는 곳이었다.

'길잡이의 수색 팔찌……'

아이템을 검색해 입찰 금액을 확인한 클라드의 얼굴이 까맣게 죽었다.

[길잡이의 수색 팔찌]

[경매 시작가-1골드, 100,000원]

[입찰금 갱신-5골드 46실버, 546,000원]

[입찰금 갱신-15골드 36실버, 1,536,000원]

[입찰금 갱신-22골드 22실버, 2,222,000원]

……

"젠장……!"

그곳엔 이미 냄새를 맡은 하이에나 무리가 잔뜩 몰려든 상태였다.

"하아아암."

잠에서는 깼지만, 아직 침대에서는 일어나지 않은 상태.

한정우는 유체이탈이라도 하고 싶은 건지, 침대에 가만히 앉은 채 부스스한 머리를 긁었다.

'오랜만에 실컷 잤네.'

시계를 보니 무려 13시간이나 숙면을 취한 상태였다. 그래서 그런지 평소보다 몸이 훨씬 가벼웠다.

'게으른 곰이 된 것 같아서 기분은 좀 그렇지만.'

그간의 피로가 누적되었는지 평소보다 훨씬 긴 시간을 깨지도 않고 자 버린 것이다.

"으으으으으음!"

두 팔을 쭈욱 뻗으며 기지개를 켠 한정우는 컴퓨터를 켜 경매 사이트에 접속했다.

"고작 13시간 정도밖에 안 지났지만……"

지금쯤 얼마에 입찰이 되었을지 궁금했다.

"오, 생각보다 순조로운데?"

한정우의 졸린 얼굴에 만족스러운 미소가 겹쳐졌다.

경매장에 등록한 아이템들에 낮게는 5골드부터, 높게는 8골드가 더해진 새로운 입찰가가 등록되어 있었기 때문이다.

'아, 그러고 보니 하나 더 등록했었는데.'

고작 매직 아이템에 불과하지만, 그것도 1골드에 올려놨으니 무려 10만 원!

"이름이 길잡이의 수색 팔찌였나?"

고개를 갸웃거린 한정우가 키워드를 집어넣고 결과를 확인한 순간, 그는 자신의 눈을 의심했다.

"뭐, 뭐야 이게."

터무니없는 가격을 목격한 한정우는 잠시 고민하다가 주변을 두리번거리며 크게 웃었다.

"하하! 그럼 그렇지. 내가 13시간이나 잤을 리가 없잖아, 곰도 아니고 사람인데."

한정우가 꿈에서 깨기 위해 선택한 행위는 온 힘을 다해 자신의 볼을 꼬집는 것이었다.

단언컨대, 그것은 한정우가 올해 내린 판단 중 최악이었다.

"아아악!"

직접 꼬집은 볼로부터 불길이 치솟으며 번쩍 뜨이는 정신!

거울을 쳐다보니 얼얼한 볼은 순식간에 빨갛게 붓기 시작했다.

'꿈이 아니라고? 그럼······.'

급하게 정신을 차린 그는 모니터 떠오른 0의 개수를 세기 시작했다.

"일, 십, 백, 천, 만, 십만, 백만, 천만····· 천만 원이지?"

게다가 앞자리는 3으로 시작한다.

한정우의 눈동자가 데굴데굴 굴러갔다.

'내가 숫자도 못 읽는 머저리가 아니라면, 이거 3,000만 원인 것 같은데?'

[입찰금 갱신-307골드 20실버, 30,720,000원]

일단 자신의 시력은 멀쩡한 걸로!

하지만 한정우의 입에서는 안도의 한숨은커녕, 김빠진 콜라처럼 애매한 소리가 흘러나왔다.

"우와! 대단해."

동시에 그의 미간이 찌푸려졌고, 고개가 모로 기울여졌다.

'대체 왜 이러는 거지?'

고작 매직 등급의 아이템이다. 심지어 특수 능력도 없고, 방어력이나 마법 방어력도 썩 훌륭한 편은 아니다.

'그런데 왜 이 아이템을 구매하지 못해서 이 난리냐고.'

신종 사기가 아닌가 하는 생각이 가장 먼저 들었지만, 그런 것 같지는 않았다.

'이게 사기라면 나한테 피해가 있어야지. 그런데 없잖아?'

누가 되었든, 이렇게 비싼 가격에 팔찌를 사 가면 한정우의 입장에서는 그저 감사할 따름이었다.

"생각해 보면 처음부터 이상하긴 했지······."

한정우가 자신의 턱을 어루만지며 중얼거렸다.

'클라드, 그 성질 더럽고 오만한 녀석이 이유 없이 이런 잡템을 들고 다닐 것 같지는 않단 말이지.'

하지만 그는 들고 다녔다. 그랬기 때문에 카이에게 죽었을 때 아이템을 떨어뜨린 것이고.

'대체 왜 들고 다녔을까?'

이유가 분명히 있을 터.

카이는 아이템의 설명을 다시 한번 읽어내렸다.

"고대왕이 잠든 곳의 위치를 알고 있는 길잡이라······."

주웠을 때는 매직 등급이라서 그냥 지나쳤지만, 이 상황이 되자 이 문장이 아주 의심스러웠다.

'아무래도 이 팔찌가 고대왕이라는 것과 상관이 있는 것 같

기는 한데······.'

중요한 건 지금 자신에게 고대왕과 관련된 정보가 전무하다는 것! 쉽게 말해 사용 방법을 모른다는 뜻이다.

'그리고······.'

한정우는 잠시도 쉬지 않고 입찰을 갱신하는 아이디들을 주시했다. 일정 금액 이상이 넘어가면 입찰 신청을 할 때 아이디가 공개되고, 당연히 그 계정에는 물건을 구매하기에 충분한 돈이 들어 있어야 한다.

'그 말은 지금 계속해서 입찰 경쟁을 하는 10명······. 이 녀석들은 진짜 현금을 들고 있다는 소리지.'

게다가 그곳에 묘한 신경전이 존재한다는 건, 단순히 입찰금이 올라가는 것을 보기만 해도 알 수 있었다.

무언가를 발견한 한정우의 입꼬리가 재미있다는 듯 말려 올라갔다.

'이놈이 검은 벌에 소속된 놈이네.'

아이디는 '나비처럼날아라'.

계속해서 입찰가가 갱신되면, 30초가 지나기 전에 몇만 원을 더 얹어서 상위 입찰을 하는 녀석이었다.

'우리 나비 님은 아주 발등에 불이 떨어지셨고······ 그렇나는 건 나머지 놈들도 10대 길드겠네.'

검은 벌이 알고 있는 것을 그들이 모른다고 생각하기는 어려웠다. 그 말은 이 아이템의 가치를 한정우 같은 일반 유저는 모르지만, 메인 에피소드를 저 멀리까지 진행한 이들은 알고 있다는 소리였다.

"뭐, 가장 비싸게 입찰하는 놈이 사가겠지."

한정우는 정말 단순하게 생각했다, 이 사건이 얼마나 큰 파장을 불러일으킬지 알지도 못한 채.

라이벌은 같은 분야에서 비슷한 실력으로 항상 경쟁하는 사이를 지칭하는 말이다. 보통의 어느 분야건 라이벌이라 하면 많아 봐야 둘에서 셋 정도인 경우가 많다.

하지만 미드 온라인은 그렇게 호락호락하지 않았다.

세계 10대 길드라는 말을 풀어서 설명하면 나를 기준으로 비슷한 실력의 라이벌만 아홉이라는 소리다. 게다가 호시탐탐 10대 길드의 자리를 노리는 다른 길드도 마냥 무시할 수는 없다.

그래서 세계 10대 길드의 마스터들은 하루하루를 긴장 속에서 살아가야 했다. 조금이라도 방심하면 추월당하고, 순식간에 도태된다.

이런 모습은 마치 결승선이 정해지지 않은 마라톤에 참여한 것과 같았다.

그런 와중에 경주의 선두주자가 될 기회가 찾아왔다.

"길잡이의 수색 팔찌가 경매장에 매물로 나왔다고?"

청천벽력과도 같은 소리에 10대 길드의 마스터들이 무거운 엉덩이를 움직였다.

그들의 가치관이나 취미, 성격은 모두 제각각이었지만, 그 소식을 접한 순간만큼은 열 쌍둥이라고 우겨도 믿을 만큼 똑같은 소리를 내뱉었다.

"무조건 물건부터 손에 넣어, 돈은 얼마가 들어도 좋으니까."

다른 길드를 따돌릴 수 있다면 돈 따위는 얼마가 들어도 좋았다. 더군다나 검은 벌 길드는 압도적인 화력을 바탕으로 메인 에피소드를 빠르게 진행하고 있었고, 당연히 요주의 경계 대상이었다.

'길드 정보팀의 예상대로라면, 그건 고대왕의 유적과 관련이 있는 퀘스트 아이템이다.'

'고대왕의 던전은 최근 검은 벌 길드가 진행하는 프로젝트 중 가장 파이가 크지.'

'대현자 키리언의 말에 따르면…… 최소 190레벨 이상의 던전 위치가 수록된 지도나 다름없다.'

'길드의 성장을 위해서라면 무조건 손에 넣어야 돼.'

10대 길드는 가지고 있는 단서나 정보가 저마다 달랐다. 하지만 단 한 가지 일치하는 부분이 존재했다.

'이 물건은 무조건 사야 한다.'

'다른 놈들보다 먼저 사야 돼.'

'이걸 사는 놈이 한 발자국 더 앞서나간다.'

'고대왕의 던전 공략을 방송으로 내보내면…… 명성과 돈, 길드원의 성장까지 챙길 수 있지.'

'우리가 못 사면 최소한 다른 놈들도 못 사게 만들어야 돼.'

그들이 참여한 마라톤에는 룰도 없고 페어플레이 같은 고상한 개념도 없었다. 따라오는 놈은 뿌리치고, 앞서가는 놈의 발목을 붙들면서 아득바득 달려가는 것!

그것만이 유일한 룰이었다.

그리고 지금 사태가 기회라고 생각한 길드 마스터들은 동시에 의구심도 품었다.

'그런데 이게 왜 경매장에 올라온 거지? 스팅이 팔찌를 측근 중 하나에게 빼돌렸다는 건 알고 있었는데……'

'설마 측근의 배신인가?'

'그놈들이 미치지 않은 이상 이걸 직접 경매장에서 올릴 리는 없는데……'

'혹시 검은 벌 놈들이 파놓은 함정은 아니겠지?'

이번 일의 진상을 파악하기 위해 엄청난 수의 사람들이 움직였다.

길잡이의 수색 팔찌는 등록일로부터 정확히 일주일 후 입찰이 마감된다.

그 시간 동안 사람들은 온갖 정보를 긁어모았고, 그것들은 모두 마스터들의 귀로 들어갔다.

"그러니까…… 판매자가 언노운이라는 놈이라고? 그래서 그게 누군데."

"뭐? 혼자 다니는 놈인데 검은 벌 길드를 물 먹였어? 또라이네."

"자기 실력에 자신이 있는 놈인가 보군."

"글렌데일 토벌대라…… 이놈 정체가 뭔지 뒤 좀 캐봐."

"우선 커뮤니티 계정으로 쪽지부터 보내, 타이탄에서 개인적으로 거래를 하고 싶다고."

언노운이라는 이름이 10대 길드 마스터들의 뇌리에 각인되는 순간이었다.

"얼씨구! 아주 널뛰기를 하네, 널뛰기를 해."

황당한 표정의 한정우가 중얼거렸다.

길잡이의 수색 팔찌가 경매장에 등록된 것은 오늘로 일주일째였다. 아직 경매 마감까지는 두 시간이 남아 있었지만, 가격은 이미 천정부지로 올라간 상태였다.

'이거 진짜 중요한 아이템이긴 한가 본데?'

고작 매직 등급의 아이템에 1억 4,200만 원이라는 입찰금이 달린 건 이번이 처음이었다.

동시에 이런 일은 앞으로도 영원히 없을 가능성이 높았기에, 다른 유저들의 반응도 뜨거웠다.

> └이게 뭔데? 누가 설명 좀.
> └나도 미치도록 궁금한데, 제발 누가 설명 좀.
> └난 이미 미친 거 같은데, 제발 아무나 설명 좀 해줘.
> └그냥 작전 세력이 시세 조작하는 거 아닌가?
> └이게 진짜 팔리는지 안 팔리는지 보면 알겠지.
> └그런데 이렇게 대놓고 작전을 하는 곳도 있나?
> └작업한다고 보기엔 너무 노골적인데…….

대체 왜 이 아이템이 이렇게 비싼지 이해를 못 하겠다는 반응이 주를 이루고 있었다. 사실 이해가 안 되는 건 한정우도 마찬가지였다.

'솔직히 나도 이해를 못 하겠다. 그리고 이쯤 되면 나도 불안해지는데…….'

이미 아이템의 가격은 한정우의 예상을 아득히 뛰어넘은 상태였다. 그 말은 즉 아이템의 가치가 생각보다 더 대단하다는 뜻과 같았다. 그래서 더욱 걱정이 늘었다.

'이거 누가 사던 검은 벌 놈들은 열 좀 받겠는데?'

돈을 주고 구매를 해도 녀석들은 화가 날 테고, 구매를 못하면 더욱 화가 날 것이다.

"어우, 오싹해라."

녀석들이 작정하고 자신의 뒤를 쫓으면 사냥을 할 때도, 퀘스트를 할 때도, 심지어 식당에서 밥을 먹을 때도 등 뒤를 조심해야 할 터!

"만약 그런 상황이 만들어진다면…… 그땐 진짜 돌아버리겠지."

그렇다면 지금이라도 검은 벌 길드 아지트로 찾아가서 이 아이템을 돌려줘야 할까?

"그러면 지금 당장 돌아버릴 텐데."

요컨대 둘 다 싫다는 뜻.

'그렇다면 어쩔 수 없지.'

이미 한정우는 호랑이의 뒤에 올라탄 상태였다. 한정우가 어정쩡하게 사과를 한다고 해도 받아줄 놈들도 아니었다.

"이렇게 된 이상 끝까지 가보자고."

어차피 지금 주도권을 가지고 있는 사람은 한정우였다.

"결과는?"

"아직 1분 남았습니다."

"후우, 5분이 이렇게나 긴 시간이었나."

워리어스 길드의 마스터인 발칸의 입에서 앓는 소리가 나왔다.

자신이 이끄는 길드가 세계 10대 길드 중 하나가 된 후로, 5분이라는 시간이 이렇게 느리게 흘러간 적은 단언컨대 한 번도 없었다.

'항상 시간이 쫓기면서 살았는데 말이지.'

그만큼 현재 자신이 초조함을 느낀다는 소리일 터.

그나마 지금 이 순간, 자신보다 더욱 큰 초조함을 느끼는 존재가 있다는 사실이 작게나마 위안이 되었다.

'스팅 녀석, 신경쇠약이라도 걸리는 건 아닌가 모르겠군.'

누가 뭐래도 자신의 물건을 웃돈 주고 사야 하는 그가 가장 엿 같은 기분을 느끼고 있을 터! 하물며 그마저도 실패한다면?

"그건 재미있겠군."

초조함을 상당히 덜어낸 발칸이 미소를 지었다.

마음 같아서는 그에게 영상 통화라도 걸고 싶었지만, 그 성질머리라면 당장 길드전을 신청해도 이상할 게 없었기에 참았다.

"마스터, 경매 마감됐습니다!"

"결과는, 낙찰은 어느 길드지?"

길드원의 보고에 발칸의 눈빛이 진중해졌다. 이제 저 입에서 호명될 길드는 웃게 될 것이고, 나머지 아홉 길드는 한동안 울게 될 것이다.

하지만 길드원은 애매한 표정이었다. 발칸이 닦달하듯 물었다.

"그건 무슨 표정이지?"

"그, 그게……."

이걸 대체 어떻게 설명해야 되지?

곤란한 표정을 짓고 있던 길드원이 당황 섞인 목소리로 말했다.

"길잡이의 수색 팔찌, 마감 3초 전에 판매 등록이 취소되었습니다."

세계 10대 길드 마스터들의 입이 동시에 쩌억 벌어진 나름 뜻깊은 시각.

삼시 후 그들은 더 충격적인 소식을 맞이해야만 했다.

"어, 언노운한테 쪽지가 왔습니다!"

"저희 워리어스와 거래를 하고 싶답니다."

"훗, 역시 거래하면 블랙마켓이지. 길잡이 팔찌를 팔겠다고 쪽지가 왔군."

"타이탄과 긍정적인 거래를 추진해 보고 싶다는 쪽지가 방금 도착했습니다."

"쪽지에 채팅방 주소가 적혀 있습니다."

"마스터와 독대를 하고 싶다고 하니, 마스터께서 이 주소로 직접 들어가시면 되겠습니다."

검은 벌을 뺀 아홉 개의 길드에 같은 쪽지를 보낸 카이!

쪽지를 보내고 얼마 지나지 않아 외롭고 쓸쓸하던 채팅창이 바빠지기 시작했다.

['발칸' 님이 채팅방에 입장하셨습니다.]
['골리앗' 님이 채팅방에 입장하셨습니다.]
…….
['캐서린' 님이 채팅방에 입장하셨습니다.]

쪽지를 보낸 지 1분도 지나기 전에 속속들이 들어오는 10대 길드의 마스터들은 채팅방 멤버를 확인하고는 자신들이 현재 느끼는 감정을 표출했다.

-골리앗 : ?

-쟈오 린 : ?

-산드로 : ?

-미네르바 : ?

-캐서린 : 엥?

……:

'여기서 한 박자 쉬고……:'

10여 초가 지나고 더 이상 채팅이 올라오지 않자, 카이는 홀로그램 키보드를 두드렸다.

-언노운 : 환영합니다. 그럼 길잡이의 수색 팔찌 경매를 재개하겠습니다.

-쟈오 린 : 지금 이게 뭐하자는 짓이지?

-미네르바 : 거래를 하고 싶다는 쪽지를 보고 왔는데…… 설명 똑바로 하셔야 될 거예요.

-골리앗 : 그냥 미친놈이었군.

채팅창을 훑어보던 한정우는 타이탄 길드의 마스터가 욕설을 내뱉는 순간 입꼬리를 올렸다.

[방장 '언노운' 님에 의해 '골리앗'님께서 퇴장당하셨습니다.]

메시지 하나가 올라오자, 불평불만이 뚝 끊겨버렸다. 동시에 채팅창의 분위기가 얼음장처럼 차가워졌다.

-언노운 : 저분은 급한 일이 생기셔서 먼저 가신답니다. 혹시 또 급한 일 있으신 분은 말씀해 주세요.^^
-캐서린 : 어머, 또라이잖아!

세계 10대 길드의 마스터라면 웬만한 기업의 대표조차 부럽지 않다. 그런 사람들이 언제 이런 대접을 받아봤겠는가.

그렇다고 함부로 화를 낼 수도 없었다. 이미 타이탄의 마스터가 매를 맞는 것을 봤으니까. 제2의 타이탄이 되고 싶은 사람은 아무도 없었다.

결국 언노운이라는 측정 불가의 또라이를 마주한 그들은 꿀 먹은 벙어리처럼 조용해졌다.

'자, 우선 기는 좀 죽여놨고…… 여기서 한 명이 가격만 불러주면 될 텐데.'

그렇게 된다면 경매는 자연스럽게 진행될 것이다.

제법 길게 이어진 침묵을 가장 먼저 깬 것은 워리어스의 길드 마스터 발칸이었다.

-발칸 : 금액 제시는 어느 나라의 돈으로 하면 되지?

-언노운 : 은근슬쩍 신상을 캐는 짓은 그만두시죠. 화폐는 골드로 통일합니다.

-발칸 : 미안하군, 300골드.

그때부터가 시작이었다. 여덟 명의 길드 마스터들은 마치 눈치 싸움이라도 하듯 빠르게 키보드를 치기 시작했다.

-미네르바 : 350.

-쟈오 린 : 400.

-산드로 : 800.

순식간에 쭉쭉 올라가는 가격!

하지만 정작 카이는 별 감흥 없는 표정으로 고개만 까딱거렸다.

'경매 마감되기 직전의 가격이 1억 6천만 원이었으니 이 정도는 당연하지.'

게다가 그때와 지금은 얼핏 보면 똑같은 상황처럼 보이지만, 실제로는 아주 달랐다.

'이 양반들, 자존심 하나는 미친 듯이 높을 테니까?'

부하 길드원을 통해 경매에 참여하는 것과 본인이 직접 경쟁에 뛰어드는 것의 차이는 명확할 수밖에 없었다.

　실제로 채팅창의 분위기는 점점 과열되었고, 어느새 경매가 아닌 서로의 자존심 싸움으로 번져갔다.

　그 상황에서 발칸이 사고를 쳤다.

　-발칸 : 2,000골드.

　"허억……!"

　현금으로 무려 2억!

　경매장에서의 입찰 최고액수를 단번에 뛰어넘은 것이다.

　다른 이들은 아이템의 가치에 대해 다시 한번 고민을 하는지, 잠시 채팅방엔 정적이 흘렀다.

　'이 정도 금액이면 워리어스가 단번에 낙찰을 받으려나?'

　하지만 그 생각이 끝나기도 전에 채팅창은 다시 주르륵 올라갔다.

　-레너드 : 2,150골드.

　-요시아츠 : 2,200.

　-미네르바 : 당신들 정말…… 후우, 2,300골드.

　자존심이라는 건, 어쩜 이렇게 비싼 놈인지!

카이는 배를 잡으며 한바탕 폭소라도 터뜨리고 싶었지만 간신히 참았다.

'아직 웃기엔 일러.'

경매장에 판매 등록한 물건을 취소하려면 입찰 금액의 5%를 지불해야 한다.

카이가 지불한 금액은 무려 800만 원!

'피 같은 돈 800만 원을 지불했으니, 최소한 50배는 남겨야 하지 않겠어?'

이런 생각을 하는 순간에도 채팅창에 글은 계속 올라오고 있었다.

4천 골드, 한화로 무려 4억이나 되는 큰돈, 누군가는 평생을 일해도 모으지 못하는 돈이다. 그런데 이 엄청난 금액으로 고작 매직 아이템 하나를 산 미친놈이 있었다.

'정말 운이 좋았어.'

묘한 가격 경쟁과 서로 간의 신경전, 자존심 싸움!

그 모든 것들이 절묘하게 섞인 지금이 아니면 절대 이런 가격에 팔 수 없을 것이다.

그래서 카이는 물건을 구매한 산드로에게 진심으로 축하의 인사를 건넸다.

  -언노운 : 낙찰을 진심으로 축하드립니다.
  -산드로 : 시끄럽다. 계좌번호랑 은행이나 불러.

  사실 이 아이템에는 이 정도의 값어치가 없었다. 만약 고대
왕의 던전에서 대박이 터지더라도, 4억이라는 수익을 내는 것
은 어려웠으니까. 그 때문인지 경매에서 승리한 산드로는 하나
도 기뻐 보이지 않았다.

  -언노운 : 제가 말했을 텐데요. 신상을 캐는 짓은 하지 말라고. 대금
은 가상 계좌를 드릴 테니 그쪽으로 보내세요. 물건은 돈 받으면 우편
으로 보내드릴 테니까.

  말을 마친 카이는 채팅방을 나가지 않고 침묵을 지키는 이
들을 쳐다보며 코웃음을 쳤다.
  '아마 나 제대로 찍혔겠지?'
  처음부터 이 경매에서 승리할 수 있는 건 단 한 명뿐이었다.
게다가 검은 벌과 타이탄 길드는 아예 경매에 참가조차 하지
못했다.
  그렇다면 낙찰받은 블랙마켓을 제외한 9개 길드는 과연 카

이를 어떻게 볼까?

'자신들의 자존심은 있는 대로 긁어놓고, 레어 아이템으로 거금을 챙긴 재수 없는 놈으로 보겠지.'

한 마디로 세계 10대 길드 중 9개의 길드를 적으로 돌리게 된 셈이다.

그렇다고 블랙마켓이 카이를 보호해줄까?

'저놈들이? 에이, 설마.'

그들은 정당한 대가를 지불하고 물건을 구입했으니 카이까지 보호해 줄 필요가 없다고 생각할 것이다. 슬프지만 그건 사실이기도 하고.

'하지만 나한텐 또 하나의 무기가 있다.'

카이의 손가락이 홀로그램 키보드를 악기처럼 두드렸다.

-언노운 : 아, 참고로 지금까지 나눈 채팅 로그는 모두 저장해 뒀습니다.

다들 머리가 좋은 사람들이니 이 정도의 짧은 언급이면 충분했다.

세계 10대 길드는 명성과 인지도를 올리기 위해 모든 것을 아낌없이 투자하는 곳이다. 당연히 자신들의 이미지도 생각할 수밖에 없다.

'뭐, 물론 10대 길드나 되는 놈들이 물건 좀 못 샀다고 나한 테 해코지할 리는 없겠지만……'

세상에는 만에 하나라는 것이 있는 법!

돌다리도 그냥 건너는 것보다는 두들겨 보고 건너는 것이 훨씬 안전한 법이었다.

'안전장치 하나 정도는 마련해 두는 게 좋지.'

만약 10대 길드 중 누군가가 이번 경매를 빌미로 카이를 건 드린다면, 카이는 곧장 채팅 로그를 풀어버릴 생각이었다.

돈이 없어서 경매에서 이기지도 못해놓고 분풀이로 판매자 를 죽이는 파렴치한이라는 타이틀을 선물 받기 싫으면 나 건 드리지 마!

그것이 바로 카이가 남긴 마지막 말의 속뜻이었다.

'일단 한 곳에서 날 건드리는 순간……'

저들은 세계 10대 길드라는 타이틀로 함께 묶여 있기는 해 도, 절대 사이가 친밀하지는 않다.

호시탐탐 기회만 노리며 어떻게든 서로를 물어뜯으려고 하 니까.

그런 상황에서 카이를 건드리는 옹졸한 길드가 나온다?

'그때는 나머지 길드가 알아서 언론 플레이를 해주겠지.'

카이는 손도 안 쓰고 코를 풀 수 있을 것이다.

-산드로 : 돈, 보냈다.

-언노운 : 확인해 보겠습니다.

인터페이스를 터치해 인터넷을 켠 카이는 가상 계좌로 확실히 4억이라는 돈이 들어온 것을 확인했다.

-언노운 : 특급 우편으로 보낼 테니 오늘 받으실 수 있을 겁니다.

-산드로 : …….

경매는 끝났고, 돈도 확실하게 받았다. 그 말은 더 이상 이 채팅방에 머물 이유가 없다는 뜻이다.

[언노운 님이 채팅방을 나가셨습니다.]

그들의 만남만큼이나 강렬한 이별이었다.

5억 2천 9백만 원.

이번 경매에서 판매한 아이템들로 벌어들인 총액을 확인한 한정우가 환한 웃음을 지었다.

"이번에 진짜 대박을 터뜨리긴 했구나."

가장 큰 대박은 검은 벌 녀석들이 떨어뜨린 길잡이의 수색 팔찌였지만, 유니크 아이템과 레어 아이템의 가격만 해도 1억이 넘어갔다.

'역시 레이드는 돈이 돼, 아니, 아니지.'

한정우는 고개를 흔들었다.

물론 레이드는 돈이 되지만, 머릿수가 많아지면 이 정도는 아니다.

'역시 혼자서 하는 레이드는 돈이 돼. 이게 맞는 말이야.'

모든 돈과 경험치, 칭호를 독식할 수 있는 것이야말로 솔플의 최대 장점!

한정우는 돈의 쓰임새를 정하기 시작했다.

'우선 이번 달 말에 독립해야 하니까 원룸부터 하나 계약하고, 골드도 약간은 들고 다녀야겠지.'

이런저런 계획을 짜다 보니 시간은 훌쩍 지나갔다.

찌뿌드드한 몸을 스트레칭으로 푼 한정우는 컴퓨터 앞에 앉았다.

"그럼 이제 새로운 시리즈를 만들어볼까."

죽음의 술래잡기를 업로드하기 위해선 어느 정도의 편집이 필요했다. 햇살의 따스함을 외치는 소리를 아예 삭제하는 정도의 간단한 일이었다.

하지만 작업을 모두 마친 한정우의 표정은 어두웠다.

'음……. 생각보다 별로네.'

오크 로드와 오크 주술사, 그리고 검은 벌 길드까지 한꺼번에 해치웠다. 이 정도면 참교육 동영상보다는 몇 배나 멋있는 결과물이 나와야 했다.

하지만 그의 편집 실력은 초보자라고 칭하기에도 부끄러울 정도!

만족할 만한 퀄리티의 영상이 나오지 않았다.

'조금 더 박력 있고, 멋있게 만들고 싶은데…….'

해결법은 간단했다. 바로 이 분야의 프로를 고용하는 것!

고민은 길지 않았다.

'그래……. 돈은 조금 들겠지만, 영상을 이런 수준으로 낼 수는 없어.'

어차피 이제는 당분간 돈 걱정을 할 필요도 없다.

펑펑 써도 마르지 않을 것 같은, 최고로 High한 기분!

"이것이 졸부가 된 기분인가!"

씀씀이에 거리낌이 없어진 한정우는 당장 업계 최고의 전문가를 고용했다. 영상 하나를 편집하는 데 필요한 비용은 무려 500만 원이었다. 그 돈을 망설임 없이 지불한 한정우는 그제야 한숨을 내쉬었다.

"드디어 끝났다."

토벌대의 레이드도 힘들었지만, 이후의 뒤처리도 피곤한 일들뿐이었다. 솔직한 심정으로는 그냥 레이드를 몇 번 더 뛰는 게 나을 정도였다.

"에휴, 검은 벌 놈들은 왜 그런 걸 드랍해서 사람을 이렇게 귀찮게 만드는지."

검은 벌의 스팅이 들었다면 뒷목을 붙잡고 쓰러졌을 만한 발언이었다.

다시 한번 통장의 잔액을 뿌듯한 눈으로 확인한 한정우는 오랜만에 치킨을 시켜먹었다.

"요즘 자주 보는군."

하루 만에 만난 아르센 남작이 기분 좋은 목소리로 말했다.

카이가 그를 찾아온 이유는 단 하나, 쌓아놓은 토벌 포인트를 사용하기 위해서였다.

[보유한 토벌대 포인트 : 1,617]

오크 로드와 오크 주술사를 처치하고 혼자 꿀꺽한 엄청난 수치의 포인트, 당연히 카이는 이번 토벌대 기여도 1위를 가볍게 차지했다.

"아마 토벌대의 공적치로 보상을 받기 위함이겠지?"

"예."

짧고 굵게 대답한 카이의 머릿속에는 이미 교환할 아이템이 떠올라있었다.

'사실 처음에는 적당한 수준의 유니크 장비를 세 개 받아서 판매하려고 했지만……'

검은 벌 녀석들 덕분에 돈 걱정이 없어졌다.

지금 당장 운용할 수 있는 자금이 5억이 넘는데 뭐가 아쉬워서 돈을 추구하겠는가?

'당장 나를 강하게 만들어줄 수 있는 것.'

지금 카이의 머릿속을 꽉 채운 건 무려 1,500포인트짜리 물건!

카이가 더할 나위 없이 당당한 목소리로 말했다.

"불사의 의지 스킬 북으로 교환하겠습니다."

"훌륭한 선택일세."

빙그레 미소를 지은 아르셴 남작은 곧장 책장에서 한 권의 책을 꺼냈다.

책에서는 뿜어져 나오는 영롱하기 짝이 없는 분홍, 보라색이 카이의 시선을 사로잡았다.

"내가 이번 토벌대에 내건 물품 중 가장 가치가 높은 것일세."

"감사히 잘 쓰겠습니다."

적정 레벨의 유니크 등급 장비 교환권은 500포인트, 그렇다면 1,500포인트짜리 스킬 북이 의미하는 바는 간단했다.

[스킬 북-불사의 의지(Passive)]

등급 : 유니크

사용 제한 : 없음.

쿨타임 : 30일(게임 시간)

설명 : 사망에 이르면 바로 생명력이 최대 생명력의 1%까지 회복되고, 5초 동안 불사(不死) 상태가 됩니다.

불사 상태일 때는 모든 능력치가 10% 상승합니다.

스킬의 쿨타임은 게임 시간으로 30일, 그러니까 현실 시간으로도 무려 10일이나 되었다.

하지만 죽음을 한 번 모면할 수 있게 만들어주는 스킬!

카이는 자신의 선택이 옳았음을 깨달았다.

'역시 1,500포인트짜리다!'

목숨이 한 개인 것과 두 개인 것은 마음가짐이 달라질 수밖에 없었다. 상황에 따라 조금 더 적극적인 움직임을 펼칠 수도 있을 테니까.

'여차하면 동귀어진을 할 수도 있고.'

단숨에 스킬을 배운 카이는 어깨가 든든해지는 기분을 느꼈다. 자리에 앉은 아르센 남작이 지나가는 듯한 목소리로 물었다.

"이제 떠나는가?"

"예."

"하긴…… 자네가 이 도시에 온 지도 벌써 한 달 정도 되었군."

"그동안 남작님께는 신세를 정말 많이 졌습니다. 종종 들릴게요."

"맛있는 식사가 그리울 때면 언제든 찾아오게."

푹신한 소파의 등받이에 몸을 기댄 아르센 남작은 말을 이었다.

"내가 한마디 해도 되겠나?"

"경청하겠습니다."

카이가 고개를 짧게 숙이며 진중한 눈빛을 드러냈다.

"자네가 강함을 추구하는 이상, 앞으로도 수많은 난관을 겪게 될 것이야."

"그 어떤 난관도 제 앞길을 막을 수는 없을 것입니다."

카이의 목소리와 두 눈이 강력한 의지를 피력했다.

그 모습이 마음에 들었던 것일까?

아르센 남작은 흐뭇한 미소와 함께 고개를 끄덕였다.

"암, 그래야지. 내가 생각하는 최고의 모험가라면 그 정도는 해주어야 하지 않겠는가."

남작이 인정한 최고의 모험가, 그건 단순한 겉치레가 아니었다. 그의 목소리에 담겨 있는 진심이 카이의 마음 한구석을 따듯하게 울렸기 때문이다.

"남작님……."

살짝 감동한 카이의 목소리가 늘어지자, 아르센 남작이 장난스러운 미소를 지었다.

"아, 혹시 착각할까 싶어서 미리 말해두네만, 자네보다 강력한 모험가는 해변가의 모래만큼이나 많네."

"그…… 정도로 많지는 않을 텐데요?"

"그 정도로 많네."

바늘 하나 들어가지 않을 것 같은 단호함!

순식간에 감동이 흩어진 카이가 뚱한 표정을 짓자, 아르센 남작이 껄껄 웃었다.

"하하하! 역시 자네는 놀려먹는 재미가 있다네."

"이제 놀릴 사람 없어서 적적하시겠네요."

"그러니 가끔 들르게. 나이를 먹으니 이것만큼 재미있는 게 또 없어."

꾸욱.

아르센 남작과 악수를 한 카이는 몸을 돌려 문으로 향했다.

"아, 맞다."

뒤적뒤적.

인벤토리를 뒤져 물건 하나를 꺼낸 카이는 그것을 아르센 남작에게 보여줬다.

"남작님, 혹시 이 물건이 뭔지 아십니까?"

"음? 모르겠네. 그게 뭔가?"

아르센 남작은 카이가 들고 있는 새카만 구슬을 쳐다보며 고개를 갸웃거렸다.

"어둠의 정수 조각이라는 건데…… 페르메가 죽으면서 뱉어 낸 겁니다."

"페르메라면…… 거미의 숲에 서식하는 그 거미 여왕 아닌 가?"

"맞습니다, 이 구슬 때문에 페르메와 그녀의 자식들이 흉폭하게 변한 겁니다."

"으음…… 그런 일이 있었나."

턱을 쓰다듬던 아르센 남작은 골똘히 생각을 하더니 고개를 흔들었다.

"아무리 생각해도 뭔지 모르겠군."

"그렇군요."

카이가 옅은 한숨을 내쉬었다.

아르센 남작조차 모른다면 도서관을 열심히 뒤져보는 수밖에 다른 방법이 없었다.

다시 인사를 마친 카이가 방을 나서려 하자, 아르센 남작이 황급히 그를 불러세웠다.

"잠깐! 생각해 보니 물의 현자, 그분이라면 알고 있을 수도 있겠군."

"물의…… 현자요?"

"라시온 왕국의 재상이었지만 지금은 일선에서 물러나 유유자적한 삶을 누리고 계신 분이지."

카이의 눈이 빛났다.

"그분은 어디에 가면 만나 뵐 수 있습니까?"

"물의 도시, 아쿠에리아로 가게나."

카이의 다음 목적지가 정해진 순간이었다.

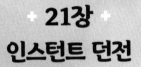

21장
인스턴트 던전

"이거, 헛걸음하게 만들어서 미안하네."

도시를 떠나기 전, 인사를 하러 들른 유하린을 향해 아르센 남작이 미안한 표정으로 말했다. 하지만 정작 유하린은 아무렇지도 않은 표정으로 대꾸했다.

"저는 정말 괜찮아요, 신경 쓰지 않으셔도 돼요."

"그렇게 생각해 주면 고맙…… 아니, 그런데 대체 그건 뭔가?"

유하린의 어깨에 올려진 두 장의 오크 가죽!

아까부터 계속 그것을 힐끔힐끔 쳐다보던 아르센 남작이 결국 궁금증을 참지 못하고 물었다.

'요즘 모험가들 사이에서는 저런 패션이 유행인가?'

진지하게 이런 고민을 할 정도!

유하린은 옅은 미소와 함께 대꾸했다.

"선물 받았어요."

"그것참, 선물 주는 사람 패션 센스가 엉망이군."

도리도리.

유하린은 오크 가죽이 덮고 있는 어깨를 으쓱으쓱했다. 그때마다 오크 가죽이 위아래로 덜렁덜렁 흔들렸다.

"따뜻해서 마음에 들어요."

"본인이 좋다니 할 말은 없군. 자네는 이제 어디로 가나?"

"저는……."

고개를 돌린 유하린이 성채 너머로 보이는 남쪽의 지평선을 응시하며 말했다.

"피베즈 산맥으로 갈 거예요."

피베즈 산맥은 레벨 200 이상의 몬스터만 나온다는, 최고 레벨 수준의 사냥터였다.

"그럼 정말 가보겠습니다."

"어디 가서 맞고 다니지 마라. 혹시 맞게 되면 나한테 배웠다는 말은 절대 하지 말고."

"그런 일이 생기면 여명의 검술관 관장인 후이 님이 복수해주실 거라고 위협할게요."

"에잉."

여명의 검술관 관장인 후이가 고개를 절레절레 흔들었다.

그 모습을 보며 카이가 말을 이었다.

"너무 걱정하지 마세요. 때려도 제가 더 때리고 다닐 테니까."

"걱정은 누가 걱정을 한다고? 그래도 그…… 뭐냐, 감옥 가기 싫으면 사람도 봐가면서 때리고."

"명심하겠습니다."

끝까지 유용한 정보를 알려주는 고마운 스승, 후이와 깔끔한 이별을 마친 카이가 마지막으로 향한 곳은 대장간이었다.

"뭐, 벌써 떠난다고?"

눈을 휘둥그렇게 뜬 솔리드가 대뜸 소리쳤다.

"물론 자네도 모험가이니 언제가 되었든 떠날 줄은 알았지만…… 너무 빠른 것 아닌가?"

"하하, 제가 워낙 빠르게 성장하거든요."

"쩝……. 그렇다면 축하해 줘야겠군."

입맛을 다시며 아쉬움을 삼킨 솔리드는 갑자기 방으로 들어가더니, 큼지막한 상자 하나를 들고나왔다.

"이걸 가져가게나."

"솔리드 님, 이 상자는 분명……?"

처음 보는 상자가 아니었다. 솔리드와 대장장이 기술을 겨룬 모험가가 만들었던 유니크 검이 들어 있는 상자였다.

"가져가게, 그리고 이 검을 만든 모험가를 만난다면 꼭 이 말을 전해주게."

근육이 불끈거리는 두툼한 팔을 들어 올린 솔리드는 자신만만한 표정으로 말했다.

"글렌데일 최고의 대장장이인 솔리드가, 언젠가 재대결하기를 원한다고."

"하, 하지만 이 검은……."

"그냥 가져가게! 볼 때마다 속에서 뭔가가 울컥울컥 숫아올라서 거슬리거든."

솔리드는 검이 든 상자를 노려보더니 코웃음을 쳤다.

"물론 절대 내가 겁먹은 건 아니네. 다음에 다시 붙게 된다면 진심으로 상대해서 이길 테니까."

"예에……."

카이가 맥빠진 목소리를 흘려내며 검을 집어 들었다.

[강인한 의지의 롱소드를 획득합니다.]

'뭐, 이것도 나름 득템이니 기쁘긴 하네.'

물론 지금 당장은 쓸 수 없는 검이었다. 착용 제한인 레벨 80과 힘 500은 언제 도달하게 될지 아직은 알 수 없었다.

'그리고 보니 지금 내 힘이 몇이더라?'

카이는 곧장 스탯창을 확인했다.

[카이]

[직업 : 태양의 사제]

[레벨 : 68]

[칭호 : 신의 대리자]

[생명력 : 19,700]

[신성력 : 26,100]

[능력치]

힘 : 222 / 체력 : 197

지능 : 104 / 민첩 : 112

신성 : 261 / 위엄 : 78

선행 : 68

캐스팅 시간 30% 감소

스킬 쿨타임 9% 감소

받는 대미지 3% 감소

마법 방어력 40% 증가

독 저항력 +30

'222······.'

힘을 무려 278이나 더 올려야 겨우 착용 기준에 도달할 수 있었다.

카이는 고개를 내저었다.

'현실적으로 이 검을 쓰게 될 일은 없겠네.'

물론 언젠가는 힘 스탯도 500을 넘길 수 있을 것이다. 하지만 그때가 되면 더 좋은 무기를 장비할 수 있을 터였다.

"만나게 된다면 꼭 전해드릴게요. 혹시 인상착의나, 이름 같은 거 아세요?"

"이름은 모르겠고, 인상착의라…… 흠."

천장을 쳐다보며 기억을 더듬던 솔리드의 눈썹이 꿈틀거렸다.

"키는 자네의 어깨 정도까지 오겠군."

"생각보다 작네요?"

"암, 그리고 나이도 조금 어려 보였네."

"나이가 어리고 키가 작다……. 더 없습니까?"

위와 같은 조건의 대장장이만 해도 몇만 명은 넘을 터!

하지만 솔리드는 고개를 흔들었다.

"기억나는 건 그게 전부로군. 아, 그리고 생각보다 예의 바르다는 것 정도겠군."

"예의라…… 그러고 보니 이 검도 선물 받으신 거였죠?"

"흥, 선물은 무슨!"

검을 꼴도 보기 싫다는 듯 고개를 돌린 솔리드가 다시 카이를 쳐다봤다.

"이제 가면 언제쯤 오나?"

"글쎄요……?"

기약 없는 여정이다. 솔직히 별다른 이유가 없다면 글렌데일에 다시 찾아올 일은 없을지도 모른다.

"거, 죽기 전에 얼굴 정도는 한 번 더 보세나."

"에이, 아직 정정하시면서. 30년은 더 사시겠는데요?"

"몸이 예전 같지는 않아, 망치질도 점점 힘들고. 뭐, 못해도 10년은 더 버티겠지만."

"그 안에는 꼭 한 번 찾아오도록 하죠. 그 모험가 대장장이와 함께요."

"흐흐, 기대하겠네."

솔리드와의 만남을 뒤로한 카이는 곧장 텔레포트 게이트로 향했다.

"나도 이제 텔레포트 게이트를 이용할 정도는 되지."

마르지 않는 통장에서 비롯한 끝도 없는 자신감!

순식간에 아쿠에리아에 도착한 카이의 표정이 환하게 밝아졌다.

"이곳이 아쿠에리아!"

프리카에는 산골 마을의 정겨움이, 글렌데일에는 도시의 세련됨이 있었다면 아쿠에리아는 막힌 가슴을 뻥 뚫어주는 시원함을 지니고 있었다.

'게다가……'

카이를 놀라게 한 것은 바로 도시의 수로 시설이었다. 도시에 거미줄 모양으로 퍼진 수많은 물길이 그의 시선을 단숨에 사로잡았다.

"꺄르륵!"

"자기야 좋아?"

"응, 너무 좋아!"

카누를 닮은 배들이 수로 위를 둥둥 떠다니고 있었다. 무거운 짐이 실린 배도 있었고, 연인들이 다정하게 데이트를 즐기는 용도로도 사용되는 것 같았다. 다른 도시에서 마차가 하는 일을 이곳에서는 배가 대신하고 있었다.

"과연 물의 도시라고 불릴 만하구나."

새로운 도시의 모습은 카이의 마음에 쏙 들었다.

더군다나 이곳에는 자신의 물음에 해답을 줄 존재까지 살고 있었다.

'아르센 남작님의 말이 맞다면 물의 현자, 그가 내 질문에 답을 해주겠지.'

물의 현자가 기거하는 저택은 아쿠에리아의 중심에서 다소 떨어진 곳에 위치해 있었다. 카이가 천천히 저택으로 다가가자 입구를 지키던 병사들이 그를 저지했다.

"멈춰라! 이곳은 물의 현자 타르달 님의 사유지다. 길을 잃어버린 거라면 돌아가도록."

"저는 타르달 님을 뵙고 여쭤볼 것이 있어 찾아왔습니다."

"현자님은 일개 모험가를 만날 만큼 한가로운 분이 아니다."

"하지만 저를 이곳에 보낸 건 아르센 남작님이십니다."

당연하다는 듯이 아르센 남작의 이름을 들먹이는 카이!

반응은 곧장 튀어나왔다.

"뭐? 아르센 남작이라고?"

"아르센 남작이면…… 혹시 글렌데일의?"

"예, 맞습니다. 바로 그 아르센 남작님이십니다."

카이가 자신만만한 표정으로 고개를 끄덕였다. 든든한 뒷배를 가지고 있으니 자신의 콧대가 높아지는 기분이었다.

하지만 서로의 얼굴을 쳐다보던 병사들이 일제히 웃음을 터뜨렸다.

"우하하하하!"

"이거 웃긴 녀석이로군. 이봐, 현자님께서는 가끔 폐하가 보낸 손님조차 돌려보낸다고."

"남작의 손님이라고 해봤자 씨알도 안 먹힌다는 소리다."

"……."

카이는 병사들의 반응에 벙찐 표정을 지었다.

'내가 너무 안일했나? 하긴, 아무리 은퇴했다지만 일국의 재상이었던 사람을 보는 건데…… 준비가 너무 어설펐어.'

하지만 크게 걱정이 되지는 않았다.

'뭐? 아르센 남작님의 계급이 낮아서 안 된다고?'

그렇다면 더 높은 사람을 데려오면 될 뿐이다. 그러기 위해선 정보가 필요했다. 카이는 '친근한 형제' 스킬을 활성화하며 물었다.

"그럼 어떻게 해야 타르달 님을 뵐 수 있습니까?"

"말했잖은가, 타르달 님은 모험가 따위를 만날…… 음?"

말을 이으려던 병사가 고개를 갸웃거렸다.

'생각해 보니 내가 너무 융통성 없게 구는 것 같기도 하고……'

따지고 보면 기회 정도는 줄 수 있는 것 아니겠는가?

주변의 병사들도 그에게 넌지시 의견을 제시했다.

"저렇게까지 말을 하는데 타르달 님을 만날 수 있는 자격 정도는 알려주는 게 어떤가."

"귀족의 추천을 받아온 걸 보니 영 어중이떠중이도 아닌 것 같고."

"뭐……. 그건 그렇군."

동료들과 같은 생각을 품고 있던 병사는 카이의 전신을 빠르게 훑었다.

"흠, 그래도 자네는 타르달 님과 대화를 나눌 만한 최소한의 자격은 갖춘 것 같군. 확실히 아주 무명소졸은 아니야."

'무명소졸이라면……? 명성, 타르달을 만나려면 일정 수준의 이상의 명성이 필요하구나!'

지금까지 꾸준히 쌓아놓은 명성이 빛을 발하는 순간이었다.

"아, 물론 최소한의 자격을 말하는 것일세. 타르달 님은 증명된 것만 믿으시는 분이니 그분을 만나 뵙고 싶다면 자신의 실력을 입증하게."

"어떤 방법으로 실력을 입증하면 될까요?"

"음…… 그거야 자네의 선택 아니겠는가? 강력한 몬스터를 잡거나, 악명 높은 수배자를 잡아도 되네. 물론 이름만 들어도 알 수 있는 던전을 공략해도 되는 것이고."

실력 입증 방법은 한 가지가 아니라는 뜻이었다.

'이 근처에서 실력을 입증할 만한 장소가 있나?'

잠시 고개를 갸웃거리던 카이는 우선 고개를 끄덕였다.

"알겠습니다. 그럼 제 실력을 입증할 수 있는 증표와 함께 돌아오겠습니다."

"기대하지, 하지만 꼼수를 부려선 안 되네."

"물론이지요."

높은 레벨 몬스터의 전리품을 돈 주고 사는 등의 행위는 안 된다는 소리!

하지만 애초에 그럴 생각 자체가 없던 카이는 다시 시가지로 돌아와 인터넷을 뒤졌다.

"오, 근처에 인스턴트 던전이 하나 있잖아?"

인스턴트 던전은 그 이름 그대로 간편하게 입장할 수 있는 던전이다. 쉽게 이야기하자면 던전의 형태를 지닌 필드라고도 할 수 있다.

같은 던전이지만 놀의 무덤, 페르메의 둥지와는 개념 자체가 달랐다.

'생각해 보니 인던도 굉장히 오랜만인 것 같네.'

카이도 레벨이 낮을 때는 인스턴트 던전을 공략하기 위해 여러 파티를 거친 적이 있었다. 그때의 기억을 떠올린 카이는 곧장 던전의 정보를 확인했다.

"쥐들의 왕국이라면……?"

카이의 얼굴이 밝아졌다. 아는 던전이었기 때문이다. 이 던전은 두 발로 걷는 거대 쥐가 나오는 던전으로 뮤튜브의 랭커들이 남긴 공략 영상을 통해 보스의 패턴 또한 이미 숙지하고 있는 상태였다.

'여기라면 내 실력을 입증하기에는 충분하겠지.'

무려 적정 레벨 75의 인스턴트 던전이었다. 보통의 인스턴트 던전은 파티 위주의 공략이 이루어지는 장소. 혼자서 도전하는 이들이 없는 건 아니었지만, 성공하는 이들은 극소수에 불과했다.

서둘러 던전으로 이동하자 대기 중인 유저들이 보였다.

카이는 도시에서 줄곧 사제복을 입고 다녔기에 그를 알아보는 사람은 단 한 명도 없었다.

"78레벨 방패 기사가 파티 구합니다!"

"74레벨 광전사 데려가실 분!"

"10분 동안 모든 스탯을 1 상승시켜주는 요리 팝니다! 맛은 자신 없지만, 가격이 싸요!"

"숙련도 올릴 겸 무료로 장비 수리해드려요!"

언뜻 보기에도 백 명이 가볍게 넘어가는 유저들!

그 인파를 뚫고 지나가던 카이는 귀를 솔깃하게 만드는 대화에 걸음을 멈췄다.

"야야, 저기 봐. 쥐들의 왕국 솔로 랭킹 2위인 그림즈다."

"오늘 또 신기록에 도전한다며?"

"듣기로는 이번이 마지막 도전이래."

"확실히 레벨 제한에 걸릴 테니까 말이지."

"응원할게요, 1등 한 번은 꼭 해보셔야죠!"

"하하! 감사합니다, 최선을 다하겠습니다."

훤칠하게 생긴 마법사는 한눈에 보기에도 고급스러운 로브와 스태프를 장비하고는 예의 바르게 인사를 하며 지나갔다.

'솔로 랭킹? 아! 그러고 보니……'

카이는 그들의 대화를 듣고 무언가를 떠올렸다. 인스턴트 던전에만 기록되는 공략 랭킹이 그것이었다.

'그런데 저 사람이 랭킹 2위라고?'

그 사실 여부를 알아보는 것은 크게 어렵지 않았다. 순위는 던전 입구의 게시판에서 쉽게 확인할 수 있었다.

카이는 파티로 세운 기록은 모두 건너뛴 채, 솔로 랭킹을 확인했다.

[쥐들의 왕국-1인 파티 순위표]

1. 락타샤 LV. 85, 3시간 42분 16초, 종합 점수 A+

2. 그림즈 LV. 85, 3시간 44분 02초, 종합 점수 A

3. 스밀라 LV. 84, 3시간 44분 08초, 종합 점수 A

…….

"오, 정말이잖아?"

확실히 그림즈라는 남자는 쥐들의 왕국 던전에서 랭킹 2위를 차지하고 있는 인물이었다.

'마법사로 보이는데 인던에서 솔플이라…… 대단한데?'

카이는 순수하게 감탄했다. 거대 쥐들의 화염 내성과 마법 저항력이 낮다고는 하지만, 누구나 쉽게 돌 수 있는 건 절대 아니었다.

'종합 점수가 A인 걸 보니 운이 좋아서 클리어한 것도 아닌 것 같고.'

유저의 레벨이 인던의 적정 레벨과 11 이상 차이가 나면 기록은 인정되지 않는다. 그 때문에 랭킹 순위권에 등록된 이들은 보통 적정 레벨보다 9, 10이 높은 유저들뿐이었다.

그렇다고 레벨이 높은 유저가 무조건 유리한 것도 아니었다. 종합 점수는 플레이어의 레벨과 클리어 시간, 피격 횟수 등을 모두 고려해서 측정되기 때문이다.

한 마디로 능력만 있다면 레벨이 낮은 것이 상위권에 랭크되기가 더 쉽다는 소리!

'지금 내가 68레벨인데…… 전력으로 하면 몇 위 정도 하려나?'

그 결과가 궁금해진 카이는 재미있겠다는 표정을 지었다. 하지만 던전에 입장하기 전에 준비해야 할 것들이 있었다.

"어차피 도전할 거라면 제대로 준비해서 최고의 결과를 내보자."

던전 공략에 필요한 준비물들을 떠올리는 카이의 눈은 평소보다 더 반짝거렸다.

인스턴트 던전은 두 가지 종류로 나뉜다.

모든 사람이 한 번에 들어갈 수 있는 개방형과 입장을 신청한 사람만이 활동할 수 있는 비개방형, 이렇게 나뉘었다.

'나는 비개방형으로 가야겠지.'

비개방형 인던은 개방형에 비해 아이템 드랍률이 현저히 떨어져서 수리비나 간신히 건지는 곳이다.

하지만 그럼에도 불구하고 비개방형을 찾는 이들은 많았으니, 이유는 바로 비개방형에서만 던전 랭킹을 갱신할 수 있기 때문이었다.

[인스턴트 던전-'쥐들의 왕국'에 입장하시겠습니까?]

"그래."

다른 사람은 들어올 수 없는 독립된 던전. 그곳에 입장한 카이는 인상부터 찡그렸다.

"우읍, 냄새……."

쥐들의 왕국이 아쿠에리아의 하수도에 있었고, 당연히 냄새가 고약했다.

하지만 이것 또한 깨라고 만들어놓은 던전!

카이는 던전 입구의 바닥에 굴러다니는 일회용 마스크를 주워서 착용했다.

'한결 낫네.'

적어도 더 이상 코를 찌르는 역한 냄새 때문에 고통스럽지는 않았다.

동시에 카이의 눈빛이 날카로워졌다.

'이왕 할 거면 제대로 하자. 작전은 전부 짜뒀으니까.'

독하게 마음을 먹은 카이는 다짜고짜 길을 따라 달리기 시작했다.

"찍, 찌직!"

"찌지직!"

음식물 쓰레기를 파먹던 거대 쥐들은 왕국을 침범한 모험가를 발견하곤 몰려들었다.

'하지만 여기서 멈추면 안 돼.'

지금은 유유자적하게 몬스터를 한 마리, 한 마리씩 잡으면서 갈 상황이 아니었다.

'최대한 빠르게. 무조건 빠르게! 핵심은 빠르게 공략하는 거야.'

카이는 현재 자신의 수준이라면 이곳을 깨는 건 당연하다고 생각했다. 그래서 초점을 맞춘 건 자신의 이름을 솔로 랭킹 몇 위까지 올려놓을 수 있는지였다.

'순위가 높을수록 물의 현자에게 인정을 받기 쉽겠지.'

카이는 고개를 돌려 뒤쪽을 힐끔 쳐다봤다.

'따라붙은 거대 쥐는 12마리인가.'

레벨이 71인 몬스터이니 저 정도 숫자만 되어도 충분히 위협적이었다. 아무리 카이라고 해도 정면에서 싸운다면 승리를 확신하지 못하는 상황이었지만 애초에 카이는 이들과 싸울 생각이 없었다.

'어차피 인던은 보스만 잡으면 클리어로 인정되잖아?'

그렇다. 보스만 확실하게 죽일 수 있으면 잡몹을 잡고 다닐 필요가 없다는 소리!

한때 유저들 사이에서 보스만 사냥하는 이런 방법이 크게 연구된 적이 있었다.

잡몹들을 모두 무시한 채 보스방으로 달려가서 보스만 처치하는, 보스 런(Boss Run) 작전.

하지만 애석하게도 성공한 파티는 단 하나도 없었다.

'보스를 잡는 사이에 잡몹이 뒤를 덮쳐서 전멸당했지.'

그들의 패배 요인은 명확했다. 무시하고 지나친 몬스터들이 도착하기 전에 보스를 죽이기에는 화력이 부족했던 것이다.

'하지만 난 다르지.'

카이는 신성 폭발을 이용해 순간적으로 몬스터들을 따돌릴 수 있다.

그 말은 즉 보스와 싸울 수 있는 시간이 남들보다 더 많다는 소리와 같았다. 게다가 태양의 사제가 지닌 버프와 각종 스페셜 칭호로 인해 공격력이 부족하지도 않다.

'그리고 보스방으로 가는 길은 이미 머릿속에 넣어놨어.'

쥐들의 왕국은 하수도에 마련된 인던이었기에, 당연히 길이 미로처럼 복잡하게 꼬여 있었다.

미리 지도를 외우지 않고 몬스터를 잡으면서 진행을 한다면 10시간도 넘게 걸리는 던전!

"자, 그럼……."

카이는 자신을 물어뜯으려고 맹렬하게 달려오는 거대 쥐 무리를 향해 손을 흔들었다.

"열심히 잘 따라오세요. 신성 폭발!"

스킬의 시전과 동시에 그를 뒤쫓던 거대 쥐 무리가 빠르게 멀어지기 시작했다.

카이를 뒤쫓는 거대 쥐의 수는 점점 더 많아졌지만, 그들은 카이의 옷깃조차 스치지 못했다.

게다가 확실한 것을 좋아하는 카이는 이밖에도 보험을 들어놓은 상태였다.

'저쪽의 코너, 저기가 제일 중요해!'

카이는 앞에 보이는 코너를 돌아 거대 쥐들의 시야에서 벗어난 순간, 놀 스켈레톤을 소환했다.

띠링!

[놀 스켈레톤 6마리가 소환됩니다.]

"으으으, 아쉬워라!"

안타까움이 구구절절이 묻어나오는 신음 소리!

하지만 카이는 빠르게 정신을 수습하고 주위를 둘러봤다.

코너를 돌자 나온 것은 바로 하수도의 중심.

이 커다란 던전을 열 갈래로 나누어버리는 갈림길이 등장하는 장소가 바로 이곳이었다.

'거대 쥐들을 완벽하게 분산시키려면 놀 언데드가 최소 아홉 마리는 나와줘야 베스트인데……'

하지만 여섯 마리로도 거대 쥐들의 이목을 흩어놓을 수는 있을 터.

카이는 곧장 그들을 다른 통로로 달려가게 만든 뒤, 인벤토리에서 뭔가를 꺼내 통로 바닥에 깔아놓았다.

"오케이, 이걸로 준비는 끝."

만족스러운 미소를 지은 카이는 뒤도 돌아보지 않고 보스 방으로 향하는 통로로 몸을 날렸다.

"찌직! 찌지짓!"

잠시 후 갈림길에 도착한 거대 쥐들은 바닥에 자신들의 얼굴을 파묻고 연신 코를 킁킁거렸다.

아무리 하수도에 살고 있다지만, 개와 비슷할 정도로 후각이 크게 발달한 쥐들에게 모험가의 냄새를 추적하는 것 따위는 일도 아니었기 때문이다.

"찌짓?"

하지만 냄새를 맡고는 패닉 상태에 빠진 거대 쥐들!

그들은 사실 산타가 없다는 걸 깨달은 아이처럼 허망한 기분을 느끼며 통로에 떨어진 물건을 쳐다봤다.

[오크 가죽]

등급 : 노말

설명 : 오크들 특유의 노린내가 배어 있는 가죽입니다. 질기고 튼튼하기에 겨울용 의복이나 방어구로 만들기 좋은 가죽입니다.

"찟!"

모험가 한 명의 손바닥 위에서 잔뜩 놀아난 거대 쥐들은 분노했다. 날카로운 앞니를 번뜩인 그들은 열 갈래로 나뉘어 카이를 뒤쫓았다.

"후우, 후우."

카이는 신성력이 바닥나기 전에 신성 폭발 스킬을 취소했다. 이미 목적은 달성한 상태였기에 큰 불만은 없었다.

'도착했다. 보스방.'

눈앞의 부서진 철창을 넘어가면 이 던전의 보스가 등장한다. 그 사실을 이미 알고 있는 카이는 거칠어진 숨을 돌리며 생각했다.

'던전 입장 후 보스방까지 도착하는데 걸린 시간은…… 고작 50초 정도.'

카이의 신성력은 26,000 정도였다.

본래대로라면 신성 폭발 스킬을 최대한으로 운영한다고 하더라도 26초가 한계일 터.

하지만 그가 50초라는 시간 동안 신성 폭발을 사용할 수 있게 된 이유는 간단했다.

[성수]

등급 : 매직

설명 : 태양의 신 헬릭을 섬기는 태양교의 고위 사제들이 특별히 정제한 성스러운 물입니다.

마시면 신성력이 10,000만큼 회복되고 부정적인 상태 이상이 해제됩니다.

던전에 입장하기 전에 준비해야 한다는 것이 바로 이것이었다.

태양교에서만 특별히 생산되는 매직 등급의 성수 포션!

당연한 말이지만 이 정도의 아이템이 저렴할 리가 없었다.

"후우, 물의 현자 한 번 만나겠다고 돈만 팍팍 깨지네."

텔레포트 비용 9골드를 포함해서, 병당 1골드씩 하는 성수를 다섯 병이나 샀으니 그 가격만 140만 원이다.

투자하는 금액이 높아질수록 물의 현자를 반드시 만나고 말겠다는 집념도 깊어졌다.

'성수는 세 병 썼으니까…… 두 병 남았나.'

카이는 그 자리에서 남은 성수 두 병을 입안에 털어 넣었다.

"크으, 역시 돈값을 하네. 성수가 제일 맛있다니까."

포션마다 맛이 다르다지만, 시원한 이온 음료 맛이 나는 성수가 단연 최고!

입가를 닦아낸 카이는 당당한 걸음걸이로 보스방에 진입했다.

"크르륵……."

일반적인 거대 쥐와는 울음소리부터 다른 녀석.

거대 쥐보다 앞니가 3배나 큰 녀석은 입가에 고인 침을 뚝뚝 흘려대며 붉은색 눈을 번들거렸다.

[더러운 쥐들의 왕 트레빈저 LV. 78]

'속전속결! 거대 쥐들이 오기 전에 해치우는 게 핵심이야.'

카이는 이번 던전 공략에 본인의 모든 노력을 병째 들이부었다.

오크 주술사 토벌에서 유용하게 사용한 페르메의 독마저 남김없이 사용할 정도!

'더 이상 못 쓰는 게 아깝긴 하지만, 그런 식으로 아끼다가는 영원히 못 써.'

카이는 두 번째 도전이라는 걸 모르는 사람처럼 자신이 이용할 수 있는 모든 것을 이용했다.

스킬과 아이템, 돈은 물론이고 심지어는 잔꾀까지!

그가 자신을 이렇게까지 혹독하게 몰아붙이는 데에는 이유가 있었다. 던전에 입장하기 전에 뮤튜브의 다른 공략 영상을 보았기 때문이었다.

'그림즈라고 했었나.'

던전에 입장하기 전에 잠깐 마주친 마법사의 이름이었다.

마법사가 솔플을 한다는 점이 신기했던 카이는 그의 영상을 찾아보았다.

그리고 거대한 충격을 받았다.

72레벨부터 85레벨까지 그림즈는 하루도 빠짐없이 쥐들의 왕국 던전에 도전했다. 그가 뮤튜브에 올린 동영상 중 쥐들의 왕국에 도전하는 영상만 200개가 넘었다.

'1위라는 목표를 손에 넣기 위해 이렇게까지 하는구나.'

히든 클래스의 사기적인 능력에 기댄 채 큰 노력을 해보지는 않았던 카이는 크게 반성했다.

'나에겐 절박함이라는 게 부족하구나.'

강해져서 랭커가 되고, 돈도 많이 벌어서 가족들에게 떳떳해지고 싶다. 목표가 단순한 만큼, 카이가 들인 노력도 단순했다.

'하지만 이대로는 안 돼.'

게으른 토끼는 노력하는 거북이를 이길 수 없는 법이다.

지금 당장 카이가 그림즈와 1대 1로 대결을 한다면, 압도할 자신이 있었다.

하지만 세 달 후에는? 반년 후에는?

'히든 클래스가 아닌 다음에야 강해질 방법은 몇 없어.'

돈을 투자해서 더 좋은 장비, 더 좋은 스킬을 얻는 것이 일반적이다.

하지만 모든 유저가 돈이 많을 수는 없는 법. 돈이 없으면 필연적으로 본인이 가진 능력을 갈고닦을 수밖에 없다.

'기본기의 중요함, 후이 관장이 항상 나에게 하던 말이었지.'

물론 카이는 태양의 사제라는 훌륭한 클래스를 가지고 있다. 어쩌면 저들과는 태생 자체가 달라서 별다른 노력을 하지 않아도 천년만년 강할 수도 있다.

'하지만…… 저들만큼 노력한다면, 더욱 강해질 수 있는 건 당연한 사실이지.'

강해질 수 있는 길이 있는데 그것을 거부하는 건 카이의 상식으로는 불가능한 일!

그것이 카이가 자신을 혹독하게 몰아붙이는 이유였다.

'내가 걷고 있을 때, 다른 사람들은 뛰고 있었어.'

보이지도 않는 밑바닥에서부터 그들은 열심히 달려오고 있었다. 그것을 깨달은 이상, 그의 선택지는 하나밖에 남지 않았다.

'나도 뛰어야지.'

단단한 눈빛으로 트레빈저를 노려보던 카이가 검을 까딱였다.

"덤벼! 찍찍이."

"크아아앙!"

본인은 찍찍이가 아니라고 항의라도 하듯, 우렁찬 울음소리와 함께 달려드는 트레빈저!

"……"

녀석을 바라보는 카이의 눈은 두려움으로 인해 떨리지도,

흥분에 삼켜진 채 들뜨지도 않았다.

마치 겨울날 꽁꽁 얼어붙은 호수처럼 차갑게 가라앉은 눈빛!

'다른 건 몰라도 저 녀석의 앞니 찍기 공격은 조심해야 돼.'

한 번 대상을 물면 체력을 모두 갉아먹을 때까지 물어뜯는 트레빈저의 필살기였다. 파티에서는 동료들이 트레빈저를 공격해서 그 기술을 끊어줄 수 있었지만, 솔로에서는 그것이 불가능했다.

한마디로 그 기술에 걸리면 모든 것이 끝!

위기감을 느낀 피부는 오싹오싹해졌지만 카이의 입꼬리는 호선을 그리며 상승했다.

"내가 말이야, 지난번에 오크 로드랑 싸울 때 아주 좋은 걸 배웠어."

아무리 강력한 공격도 맞지 않으면 소용이 없다는 것!

카이와 트레빈저의 시선이 허공에서 부딪혔다. 그들은 서로의 눈이 마주친 순간, 약속이라도 한 것처럼 동시에 몸을 움직였다.

휘이이익!

먼저 트레빈저가 자신의 거대한 몸을 팽이처럼 돌렸다. 녀석의 엉덩이에 달린 두껍고 기다란 꼬리가 카이를 향해 채찍처럼 쇄도했다.

줄넘기 줄처럼 가느다란 꼬리가 아니었다. 튼튼한 노끈을 몇 겹이나 묶어놓은 것처럼 두껍고 단단한 꼬리였다.

그 공격을 미리 예상하고 있던 카이의 움직임에는 여유가 있었다.

'우선 공격부터 피한다.'

카이의 무릎이 굽혀지며 상체가 뒤로 넘어갔다. 그 무게를 지탱하는 허리와 옆구리에 엄청난 힘이 들어갔다.

콰아아아앙!

카이의 척추를 대신해 하수도의 철창을 부숴 버린 트레빈저의 꼬리!

공격은 강력했지만, 중요한 건 빗나갔다는 것이다.

씨익.

트레빈저에게 비웃음을 날린 카이는 활처럼 굽혀져 있던 허리를 그대로 튕기며 앞으로 튀어나갔다.

동시에 뻗어 나가는 칼날!

푸욱!

"찌짓!"

날카로운 검이 녀석의 두툼한 뱃살을 쑤욱 파고들자 비명이 터져 나왔다.

페르메의 독에 중독된 상처 부위는 순식간에 까맣게 물들었다.

"하지만 여기서 끝이 아니야. 칼날 쇄도!"

원래 칼날 쇄도는 회전력을 담은 검을 상대방의 급소에 내지르는 스킬이다.

그럼 과연 상대의 뱃속에 검이 박혀 있는 상태에서 사용하면 어떻게 될까?

"어떻게 되긴, 그냥 더럽게 아픈 거지."

"크어엉, 크아아아앙!"

트레빈저의 냄새나는 입에서 시끄러운 비명이 쉴 새 없이 터져 나왔다.

촤자자작!

회전력이 실린 검은 마치 자유이용권을 구매한 아이처럼 트레빈저의 내부를 신나게 휘젓고 다녔다.

"찌지직, 찌지짓, 크아아앙!"

그 말도 안 되는 고통에 녀석이 비명을 내지르며 몸을 비틀자, 카이가 눈을 반짝였다.

'지금이다.'

카이는 일말의 망설임도 없이 검을 뽑아버렸다.

남아 있는 녀석의 체력은 94%정도였다. 낙담할 정도는 아니었지만 크게 만족스럽지도 않았다.

'어차피 내가 노리는 건 이런 자잘한 것들이 아니니까.'

카이가 갑자기 검을 뽑으며 물러나자, 오히려 경계심을 품은 트레빈저가 거리를 벌렸다.

그 모습을 흡족하게 바라보던 카이의 왼손이 꿈틀거렸다.

'기선제압은 해놨으니 당분간 덤비지 않겠지. 그럼 슬슬 시작할까.'

거대 쥐들을 따돌릴 만한 속도, 보스방 진입을 방해하는 함정을 회피할 능력, 마지막으로 트레빈저를 혼자서 사냥할 수 있는 실력.

그 모든 것들을 갖춘 수준 높은 유저들도 줄기차게 실패한 전략이 바로 보스 런이다.

'그야 당연히 실패할 수밖에 없지.'

아무리 실력이 뛰어나도 트레빈저와 거대 쥐를 혼자서 감당할 수는 없기 때문이다. 물론 고레벨 유저라면 가능하겠지만, 85레벨을 넘어가는 순간 더는 기록이 등록되지 않는다.

결국 보스 런의 핵심은 거대 쥐들이 도착하기 전에 트레빈저를 처치하는 것이다. 수많은 유저들은 쥐들의 왕국에서 보스 런을 성공시키기 위해 끊임없이 연구했다.

'그리고 내놓은 결론이 5분 이론이었지.'

5분 이내에 트레빈저를 처치하지 못하면 거대 쥐들이 도착한다는 이론. 이후 유저들의 머릿속에서는 보스 런이라는 개념 자체가 사라졌다.

'그야 5분 안에 보스를 죽일 수 있을 리가 없잖아.'

85레벨에 모든 장비를 레어로 맞춘 유저조차 5분 안에 트레빈저를 사냥하는 건 불가능했다.

'5분은 트레빈저와 싸우는 시간이 아니야.'

카이는 이 금쪽같은 5분을 준비하는 시간이라고 결론 내렸다..

5분, 10분이 지나도 트레빈저와 1대 1로 싸울 수 있는 무대를 준비하는 시간, 무대를 만들기 위해 카이의 왼손이 높이 올라갔다.

"홀리 익스플로젼!"

쿠르릉!

강렬한 소음과 함께 천장 일부가 무너져 내렸다. 낙석들이 보스방으로 들어오는 단 하나의 통로를 막아버린 것이다.

"역시 강력하다니까."

홀리 익스플로젼의 파괴력은 던전의 천장을 무너뜨리기에는 충분했다.

그야말로 발상의 전환!

천장을 붕괴시켜서 페르메를 잡아봤던 카이였기에 생각할 수 있는 작전이었다.

"크르륵!"

붉은색 눈동자 가득히 살기를 담은 트레빈저가 분노했다.

자신의 거처를 망가뜨린 침입자를 향한 적의가 시시각각 넘실거리며 뿜어져 나왔다.

'조심해야 할 건 단 하나.'

트레빈저는 오크 로드와 달리 즉사 기술을 가지고 있다. 앞 니로 대상을 찍으면 체력이 바닥날 때까지 계속해서 갉아버리 는 무서운 기술이었다.

'동료가 없는 내가 가장 경계해야 하는 기술이지.'

동시에 지금의 카이가 유용하게 이용해 먹을 수 있는 기술 이기도 했다.

"크르릉."

트레빈저는 곧장 카이를 중심으로 원을 그리며 빠르게 돌았 다.

'빈틈을 찾고 있는 건가.'

카이에게 치명적인 공격을 한 번 허용한 후로 급격하게 조심 스러워진 녀석.

'그렇다면 빈틈을 만들어주면 되지.'

카이의 움직임이 일순간 멈췄다. 트레빈저가 보기에는 카이 가 자신의 움직임을 놓친 것처럼 보였다.

그야말로 완벽한 연기!

"크아앙!"

일전의 아픔을 떠올린 트레빈저는 아까보다 훨씬 매서운 몸 놀림으로 카이에게 달려들었다.

'근접전이라면 환영이지!'

아무리 이족보행을 한다지만 거대 쥐들은 기본적으로 팔과 다리가 짧다.

결국 그들이 근접 무기로 사용할 수 있는 것은 거대한 앞니와 손톱, 그리고 꼬리뿐!

'지금의 나에겐 이 정도 거리가 가장 편해!'

카이는 본능적으로 자신에게 유리한 거리를 찾아냈다.

딱 칼 한 자루가 들어가면 끝날 정도의 애매한 거리!

둘이서 싸우는데 한 명이 유리해지면 다른 한 명의 입장은 곤란해진다.

"찌짓!"

앞니로 공격하기에는 조금 멀고, 꼬리를 사용하자니 너무 가깝다. 그렇다고 손톱을 이용하자니, 그건 자신의 공격 수단 중 가장 공격력이 떨어졌다.

결국 녀석이 선택한 것은 일단 뒤로 물러나서 거리를 확보하는 것이었다. 하지만 몸을 뒤로 물린 순간, 트레빈저의 조그마한 눈이 순식간에 두 배로 커졌다.

"크르릇?"

바로 카이 때문이었다. 그는 트레빈저가 물러설 때마다 그와 같은 속도로 따라붙으며 거리를 일정하게 유지했다.

"찌지짓!"

트레빈저의 입장에서는 미치고 팔짝 뛸 수밖에 없는 상황!

하지만 카이도 나름대로 필사적이었다.

'너무 가까이 다가가면 앞니에 당하고, 그렇다고 거리를 너무 벌리면 저 채찍 같은 꼬리가 날아오겠지.'

카이에게 있어서 가장 이상적인 상황은 녀석이 손톱만 사용하는 것이었다.

결국 전투의 주도권을 자신이 쥐기 위해서는 이 거리를 유지하는 것이 필수 과제!

확실히 거리를 한번 잡기 시작하자, 전투는 카이의 뜻대로 흘러가기 시작했다.

"흐읍!"

카앙, 카앙! 서걱!

녀석의 손톱과 맞부딪치며 연신 불똥을 튀기는 검은 한 번씩 트레빈저의 급소를 공격했다.

여명의 검법이 아무리 쓰레기 스킬이지만, 초급 7레벨이 된 지금은 충분히 제 몫을 하고 있었다.

88%, 87%, 86%…….

페르메의 독과 시종일관 급소로 날아드는 검!

그 두 가지 공격은 꾸준히 트레빈저의 체력을 갉아먹었다.

'후우, 후우. 된다, 이길 수 있다!'

전투의 리듬에 완전히 몸을 맡긴 카이는 트레빈저를 계속해서 압박해 나갔다.

"크르, 크르릉!"

서로의 숨소리가 들릴 정도의 지척, 손톱과 검이 다시 한번 강하게 부딪쳤다. 그리고 무언가가 뚝 부러지는 소리가 고막을 강하게 때렸다.

"어……?"

"크르릉?"

카이의 입꼬리가 올라가는 반면, 트레빈저의 앞니는 부들부들 떨렸다.

[트레빈저의 왼쪽 손톱이 파괴되었습니다.]

전투 중에 난데없는 호재!

그 소식에 힘입은 카이의 몸놀림은 더욱 기민해졌다.

'왼쪽만 집중적으로 노린다!'

서걱, 서걱, 서걱!

한쪽의 방어 수단을 상실한 트레빈저가 순식간에 궁지에 몰렸다. 결국 체력이 50%까지 떨어진 녀석은 몸을 납작하게 숙이며 네 발로 땅을 짚었다.

"크지짓!"

'가만, 저 자세는?'

카이의 눈이 반짝였다. 미리 조사한 바로는 저것이 트레빈저가 필살기인 앞니 찍기를 하기 전에 선보이는 모습이었다.

'드디어 오는 건가!'

항상 일정한 거리를 유지하던 카이는 바닥을 박차고 뒤로 훌쩍 물러나더니 벽을 등졌다.

'딱 한 번만 피하면 돼.'

카이의 얼굴 위로 비장함이 떠올랐다.

트레빈저의 필살기는 자신에게도 위험하지만, 녀석에게도 마찬가지다. 성공하면 무조건 한 명은 죽일 수 있지만, 기술을 시전하는 동안 움직이지 못하기 때문이다.

'그래서 일부러 저 필살기에 걸리는 파티도 있었지.'

단단한 탱커가 일부러 앞니 공격에 당한 뒤, 힐러들이 힘을 합쳐 탱커를 치료하고 딜러들이 트레빈저를 처치하는 방식은 제법 유명했다.

다만 이 방법을 사용하려면 두 가지 조건이 필요했다.

우선은 트레빈저의 말도 안 되는 공격력을 버틸 수 있는 체력과 방어력.

그리고 나머지 하나는 트레빈저가 누군가를 물어뜯는 사이 치료와 공격을 해줄 동료들이었다.

'아쉽게도 지금의 나는 방어력도 떨어지고, 동료도 없어.'

놀 언데드 소환의 쿨타임은 이미 지난 지 오래였지만, 녀석들을 사용할 생각은 없었다.

'어차피 50레벨의 뼈다귀들은 물리는 순간 역소환 당한다.'

그럼 자신이 구상한 방법을 사용할 수 없게 된다.

카이는 믿는 구석이 있는 사람처럼 자세를 낮추며 중얼거렸다.

"와라."

그 말을 알아들은 것일까. 네 발로 지탱하던 몸을 뒤로 쭉 빼낸 트레빈저의 몸이 탄환처럼 카이를 향해 돌진했다.

쌔애앵!

바람을 가르며 쇄도하는 녀석의 거체!

'아직 아니야.'

위기를 감지한 카이의 몸이 본능적으로 움찔거렸지만, 그는 감정을 억누르며 기다렸다.

'아직⋯⋯.'

"크아아아아!"

어느새 지척까지 다가온 트레빈저가 입을 쩍 벌리며 커다란 앞니를 자랑했다.

카이의 손이 빠르게 움직인 것도 그때였다.

'지금이다!'

아그작! 까아아앙!

트레빈저의 눈이 반짝였다. 자신의 앞니가 상대의 무기를 물었다는 느낌이 확실하게 전해졌기 때문이다. 녀석은 두 손으로 대상을 꽉 붙든 뒤 그것을 갉아먹기 시작했다.

그러자 손톱으로 칠판을 긁는 듯한 시끄러운 소리가 방을 가득 메웠다.

끼기긱, 끼긱, 끼기기긱!

"크으윽!"

저도 모르게 귀를 막은 카이는 슬며시 눈을 떴다.

끼긱, 끼기긱, 끼기긱!

그는 열심히 자신의 검을 물어뜯고 있는 트레빈저를 발견하고는 안도의 한숨을 내쉬었다.

'성공이다!'

카이의 안도하는 표정을 확인한 트레빈저의 눈매가 비열하게 휘었다.

자신의 앞니에 걸린 이상, 칼이건 뭐건 순식간에 망가질 것이 분명했기 때문이다.

"……?"

하지만 연신 검을 갉아먹던 트레빈저는 무엇인가가 잘못되었다는 것을 깨달았다.

[트레빈저의 앞니로 인해 강인한 의지의 롱소드 내구도가 하락합니다.]

[해당 장비는 내구도가 닳지 않는 장비입니다.]

[효과가 적용되지 않습니다.]

"……!"

아무리 갉아먹어도 반짝반짝 빛나면서 특유의 매끈함을 잃지 않는 검!

당황한 트레빈저를 쳐다보던 카이가 미소를 지었다.

"내가 아직 착용 제한에 걸려서 직접 사용할 수는 없는데, 아이템 드랍하는 건 되거든?"

빵야.

카이는 손가락으로 총 모양을 만들더니 어쩔 줄 모르는 트레빈저의 얼굴을 향해 쐈다.

"네놈은 미끼를 콱 물어버린 것이여."

[더러운 쥐들의 왕 트레빈저를 처치했습니다.]
[경험치 100,000을 획득합니다.]
[32실버를 획득합니다.]

"후-우……."

역시 들인 노력에 비해 보상은 허탈할 정도였다. 하지만 애초에 기대치가 낮았기에 별다른 실망감은 느끼지 못했다.

'그것보다 중요한 건……'

침을 꿀꺽 삼킨 카이는 조심스럽게 눈앞에 떠오른 인터페이스 창을 쳐다봤다.

'던전 결과창.'

자신의 플레이에 어떤 부분이 좋았고, 어떤 부분이 부족했는지 일목요연하게 파악할 수 있는 성적표나 다름없었다.

"던전 결과창 확인."

띠링!

[플레이어의 레벨 : 68]

[피격 횟수 : 75회]

[공격 횟수 : 234회]

[급소를 공격한 횟수 : 122회]

[남아 있는 몬스터 : 102마리]

[클리어 시간 : 1시간 12분 34초]

[최종 종합 점수를 계산 중……]

'확실히 이렇게 정리가 되니 이해가 잘되네.'

정신없이 싸우는 도중에는 몇 대를 때렸는지, 몇 대를 맞았는지 알 턱이 없다.

카이가 두 눈을 감고 종합 점수를 기다리기를 잠시, 친숙한 알림이 귓가를 울렸다.

띠링!

[종합 점수 결과 : S-]
[솔로 랭크 1위]
[스페셜 칭호, '인스턴트 던전의 일인자'를 획득합니다.]

"어……?"

멍한 표정을 짓던 카이가 다시 한번 눈을 비볐다. 하지만 재차 확인해도 결과가 바뀌는 일은 일어나지 않았다.

'내가 1위라고?'

물론 카이 스스로가 봐도 클리어 타임이 혁신적으로 줄어들긴 했다. 이전에 솔로 랭크 1위였던 락타샤의 클리어 시간은 무려 3시간 42분 16초였으니까.

'그야 나는 거대 쥐들을 단 한 마리도 사냥하지 않았으니 시간은 줄었지만……'

애초에 그들도 거대 쥐들을 모두 무시하고 트레빈저만 잡을 수 있다면 그렇게 했을 것이다. 하지만 그들은 그렇게 하지 않았다. 아니, 그렇게 할 수가 없었다.

'트레빈저의 패턴 중에는 거대 쥐들을 보스 방으로 불러내

는 것도 있으니까.'

카이처럼 입구 자체를 없애버리지 않는 이상 거대 쥐들에게 둘러싸여 죽는 것이 보스 런의 일반적인 엔딩이다.

"그렇다는 건……."

결국 남아 있는 몬스터들로 인한 감점보다, 레벨이 68이라는 점과 클리어 시간이 비교를 불허할 정도로 빠르다는 부분의 가산점이 더 크다는 뜻이었다.

'이건 또 한바탕 난리가 나겠는데.'

버그가 아니냐고 난리 칠 사람들의 모습이 눈에 훤히 보였다. 하지만 카이는 이내 밝은 표정으로 중얼거렸다.

"뭐, 나랑은 별 상관없는 일인가?"

[순위표에 기록될 이름을 입력해 주십시오.]

"Unknown."

어차피 모든 관심은 언노운에게 쏠리게 될 테니까.

22장
물의 현자, 타르달

인스턴트 던전에서 한 사람이 나오자 우레와 같은 함성이
쏟아졌다.

"드디어 나왔다!"

"정말 고생하셨습니다!"

"하하, 다들 응원해 주셔서 감사합니다."

그는 로브가 흠뻑 젖을 정도로 최선을 다해 사냥을 끝낸 그
림즈였다. 응원을 보내는 유저들에게 감사의 인사를 건넨 그
는 후련한 감정을 느꼈다.

'이제 이곳에 오는 것도 오늘이 마지막이겠지.'

마지막 도전.

그림즈는 조금 전의 도전을 끝으로 레벨이 86이 되었다.

그 말은 이 던전을 완벽하게 졸업했다는 뜻이고, 이제는 레

벨을 다운시키지 않는 이상 기록 경쟁에 두 번 다시 참가할 수 없다는 소리이기도 했다.

지친 몸을 이끌고 근처의 바위에 다가간 그는 그대로 주저앉았다.

'내가 할 수 있는 최선을 다했다.'

끈질기다 못해 지독하기까지 한 노력파.

주변인들은 모두 그를 그렇게 불렀다.

그는 새로운 스킬을 배우면 그 자리에서 마나가 바닥날 때까지 스킬을 연구했다. 어떤 상황에서 사용하는 스킬인지, 사정거리나 위력은 얼마나 되고 컨트롤을 통해 어떤 변화를 줄수 있는지, 하다못해 개발자가 이 스킬을 만들 때 무슨 생각을 했으며 뭘 먹고 있었는지까지 고민할 정도였다.

그런 각고의 노력이 있었기에 그는 남들보다 뛰어난 마법사가 될 수 있었다.

"후우, 시원하다."

시원한 바람으로 땀을 식히던 그림즈가 흘깃 시계를 확인했다.

'이제 곧 정각⋯⋯.'

게임 시간으로 매시 정각마다 인던 랭킹은 새롭게 갱신되었다. 그 사실이 그림즈의 가슴을 떨리게 만들었다.

'이번에는 정말 느낌이 좋아.'

단순한 바람이나 느낌 따위가 아니었다. 실제로 클리어 타임을 크게 단축했고, 피격 횟수도 많이 줄였기 때문이다.

'오늘에야말로……'

매번 락타샤를 뛰어넘지 못해서 생긴 만년 2등이라는 타이틀, 그 멍에를 벗고 유종의 미를 거둘 때가 되었다!

그림즈는 그 사실을 믿어 의심치 않았다.

"갱신됐다!"

"그림즈 몇 등이나?"

"와, 내 일도 아닌데 왜 이렇게 떨리지?"

그림즈의 마지막 기록 도전에 대한 유저들의 관심은 꽤 높았다. 그의 도전은 노력으로 재능을 넘을 수 있는지, 없는지에 대한 답이 될 수도 있기 때문이었다.

"어……"

"음……"

"헐……"

자리에서 천천히 일어난 그림즈는 순위표를 향해 다가갔다. 사람들의 반응에 그의 고개가 모로 기울어졌다.

'반응들이 왜 저러지?'

가장 먼저 불안한 생각부터 들었다.

'혹시…… 넘지 못한 건가?'

재능이라는 높디높은 벽을.

불안감이 엄습한 그는 입술을 꽉 깨물며 고개를 흔들었다.

'이미 수백 번이나 겪어본 좌절이다. 고작 한 번 더 추가된다고 해서 다를 건…… 없어.'

다르다.

지난 수백 번의 도전들은 모두 오늘의 한 번을 위해 뿌려놓은 씨앗이었으니까.

그 사실을 누구보다 잘 알고 있었기에, 그림즈는 떨리는 마음으로 기록판 앞으로 다가갔다.

"흐흠."

"어흐흠."

"저…… 힘내세요."

"운이 좀 없으셨을 뿐이에요."

불쌍해서 어떡하냐는 표정으로 그를 쳐다보는 유저들!

안타까움과 씁쓸함, 심지어는 황당하다는 표정까지 보인다. 주변 유저들의 반응을 살피던 그림즈의 입가로 씁쓸한 미소가 지어졌다.

'결국…… 넘지 못했나.'

위로 섞인 응원을 받는 순간 일말의 기대는 눈 녹듯이 사라졌다. 락타샤를 넘어서서 1등을 했다면 응원 대신 축하를 받았을 테니까.

'운이 없었다고? 아니, 단순히 실력이 부족했기 때문이다. 난 그런 변명에 기대지 않아.'

자신의 계산대로라면 락타샤를 넘었어야 한다. 하지만 넘지 못했다는 건, 그야말로 간발의 차이였다는 소리일 터.

그림즈는 아쉬운 마음을 억지로 삼키며 순위표를 확인했다.

[쥐들의 왕국-1인 파티 순위표]

……

2. 그림즈 LV. 85, 3시간 41분 54초, 종합 점수 A+

3. 락타샤 LV. 85, 3시간 42분 16초, 종합 점수 A+

……

"어!"

락타샤라는 이름이 자신의 밑에 있다는 걸 깨달은 순간, 그림즈의 입술을 비집고 갈라지는 비명이 튀어나왔다.

"이, 이겼다!"

다른 유저들이 응원을 하는 목소리가 너무나 서글펐기에 당연히 넘지 못했을 줄 알았다.

'그런데 해냈다. 드디어 2등 탈출이야, 내가 이겼다고!'

이 한순간을 위해 바쳐온 노력과 시간들이 머릿속을 스치고 지나갔다. 가슴이 먹먹해지고 저도 모르게 눈시울이 붉어진 그림즈가 미소를 지었다.

'이 사람들도 참……. 나 하나 놀래켜 주겠다고 준비를 많이 했나 보군.'

그 사실이 재미있어 큭큭 웃음을 흘린 그림즈는 주변의 유저들을 돌아보며 입을 열었다.

"다들 연기력 실화십니까? 무슨 배우들도 아니시고, 하마터면 깜빡 속아 넘어……."

"……."

"……."

주변 유저들의 얼굴을 다시 확인한 그림즈의 눈이 데굴데굴 굴러가기 시작했다.

'뭐지, 이 분위기?'

도저히 원상 복구될 줄을 모르는 분위기에 자신을 향한 동정의 눈빛도 여전했다.

'대체 왜?'

납득이 되지를 않았다. 자신은 각고의 노력 끝에 락타샤를 넘어 만년 2등이라는 타이틀도 떼 버렸다…….

'아니, 잠깐만?'

그러고 보니 1위인 락타샤를 넘었다면 자신이 1위여야 할 터인데…….

설마하는 표정으로 고개를 돌린 그의 눈에 다시 한번 순위표가 들어왔다.

  1. Unknown LV. 68 1시간 12분 34초, 종합 점수 S-

  2. 그림즈 LV. 85, 3시간 41분 54초, 종합 점수 A+

  3. 락타샤 LV. 85, 3시간 42분 16초, 종합 점수 A+

"……."

파사삭!

뭔가가 깨지는 소리와 함께 그림즈의 신형이 그대로 무너졌다.

'내, 내가 2등이라니…… 2등이라니……! 락타샤를 이겼는데도 2등이라니……!'

그림즈도 울고, 유저들도 울고, 하수구의 쥐들마저 울었다.

"호오."

카이는 새롭게 등록된 칭호를 보며 입을 벌렸다.

[인스턴트 던전의 일인자]

[등급 : 스페셜]

[내용 : 인스턴트 던전의 솔로 랭크에서 1위를 한 플레이어에게 주는 칭호.]

[효과 : 던전 랭크에서 1위를 한 기록 하나당 모든 스탯 5 상승.(이 효과는 칭호를 착용하지 않아도 적용됩니다.)]

"칭호를 이런 식으로 주는구나."

인스턴트 던전의 순위는 하루마다, 아니, 치열한 곳은 1시간마다 싹 다 바뀐다.

'인던 1위가 분명 대단한 업적인 건 맞아. 하지만 스페셜 칭호의 대단한 효과를 1위를 찍은 모든 사람에게 주는 건 힘들겠지.'

그래서야 스페셜 칭호라는 의미가 퇴색되기 때문이다.

"그 결과가 이런 방식의 칭호인가."

스페셜 칭호를 주긴 주되, 1위에서 밀려나는 순간 그 어떤 혜택도 받을 수 없는 방식!

"잠깐만, 그럼……."

카이는 자신의 기록을 다시 한번 떠올렸다.

'내 기록은 영원히 안 깨지는 거 아니야? 그건 나보고 다시 하라고 해도 힘들 텐데?'

자신처럼 던전을 리모델링 해버릴 수 있는 능력이 없는 사람이라면 절대 낼 수 없는 기록!

"오호라……."

그렇게 된다면 칭호의 효과를 영원히 받을 수 있다는 뜻이었다.

'무려 5레벨이나 오른 셈이로군.'

뿌듯한 미소를 지은 카이가 고개를 끄덕였다.

'이거 기회가 된다면 인스턴트 던전도 가끔씩 들러야겠어.'

만약 쥐들의 왕국처럼 자신이 기록을 내기 좋은 장소라면 도전을 할 것이다.

'그리고 또 말도 안 되는 기록을 세운다면…….'

1위에는 Unknown이라는 글자가 영원히 고정될 것이다.

그 사실에 기분이 좋아진 카이는 시야에 들어오는 병사들에게 다가갔다.

"음? 자네 또 왔나?"

"거참…… 온 지 몇 시간이나 됐다고 또 오나?"

"그렇게 안 봤는데 생각보다 끈질기군."

카이를 보자마자 고개부터 절레절레 흔드는 병사들!

하지만 친근한 형제들 효과를 믿은 카이는 그들에게 살갑게 말을 걸었다.

"에이, 저희 사이에 왜 그러세요."

"우리 사이?"

"우리가 대체 어떤 사이지?"

"웃기는 놈이군."

투구 너머로 느껴지는 싸늘한 시선에 카이가 당황했다.

'뭐, 뭐야.'

황급히 확인을 해봤지만, 친근한 형제 스킬은 여전히 활성화된 상태!

'그런데 왜 저렇게 반응이 차갑지?'

그 이유를 알 수 없던 카이는 우선 뒤로 물러났다.

"자, 잠시 후에 다시 오겠습니다."

서둘러 도시의 시가지로 돌아온 카이가 심각한 표정을 지었다. 아무리 생각해 봐도 한 가지 가설밖에 떠오르지 않았기 때문이다.

'이 스킬…… 설마 일회용인 건가?'

만약 자신의 생각이 맞다면, 앞으로는 스킬을 사용할 때도 더욱더 조심을 해야 했다.

"궁금하니까 시험해 보자."

카이는 스킬을 사용한 채 빵집에 들러 빵과 우유를 할인된 가격에 구매했다.

냠냠, 우걱우걱, 꿀꺽꿀꺽!

달달한 팥과 고소한 깨가 들어 있는 빵과 시원한 우유를 단번에 들이켠 카이!

그는 30분 정도가 지난 후, 빵집을 다시 방문했다. 물론 친근한 형제 스킬은 활성화가 된 상태였다.

"빵이랑 우유 가격 좀 깎아주시면 안 되나요? 아까는 해주셨는데."

"뭐, 가격을 깎아? 아까 한 번 해줬더니 정도를 모르는 사람이군!"

인상을 팍 찡그리며 화를 내는 빵집 주인!

그 반응을 확인한 카이는 아무 말 없이 빵집을 나왔다.

'친근한 형제 스킬, 일회용이 확실하구나.'

물론 따로 쿨타임이 존재할 수도 있다. 하지만 그것을 알아내는 데는 긴 시간이 필요할 것이다. 지금 당장 해야 할 일이 많은 그로서는 굳이 그럴 필요성을 느끼지 못했다.

'그냥 앞으로 조심을 하는 게 낫겠어.'

언제, 어떤 NPC의 호감도가 필요하게 될지 몰랐다. 그러니 스킬의 사용에 신중해야 할 것 같았다.

'후우, 신화 등급 직업이라고 만능은 아니구나.'

애초에 친근한 형제 스킬은 추가 보상으로 획득했었다. 그것을 생각하면 이 정도도 감지덕지해야 할 수준이었다.

"아, 그럼…… 병사들의 호감도부터 올려야 되잖아."

울상을 지은 카이는 다시 한번 빵집으로 들어갔다.

"음?"

"하아."

물의 현자, 타르달의 저택을 지키는 병사들이 눈을 찌푸렸다. 하루에 세 번이나 같은 사람을, 그것도 이미 좋은 말로 두 차례나 돌려보낸 사람이 또 시야에 들어오면 짜증 날 수밖에 없었다.

"자네 진짜…… 혼쭐이 나봐야겠나?"

"우린 힘이 없어서 참고 있는 것이 아니다."

"아이고, 누가 감히 그런 생각을 하겠습니까? 병사님들 일단 노여움부터 푸세요."

이전과는 달리 살갑게 웃은 카이는 인벤토리에서 따끈따끈한 빵과 병에 살얼음이 낀 시원한 우유를 꺼냈다.

"어후, 날이 이렇게 더운데 근무 서신다고 고생이 많으십니다. 출출하실 텐데 이것들 좀 드시고 일하시죠?"

"음식은 받지 않는다. 무슨 짓을 해놓은 줄 알고."

"게다가 이 음식들은 부정청탁의 일종으로 간주할 수도 있겠군."

'크으……'

미드 온라인의 병사들조차 김영란법을 이리 잘 지키다니!

어쩔 수 없이 음식들을 다시 집어넣은 카이는 간절한 표정으로 병사들을 바라보며 고개를 숙였다.

"병사님들, 제발 부탁드립니다. 제 실력을 입증할 기회를 주십시오."

"뭐?"

"자네 지금 우리를 우습게 보는 건가! 실력을 입증하겠다고 떠난 게 고작 몇 시간 전……."

버럭 소리를 지르던 병사의 목소리가 점점 잦아들었다.

"잠깐 있어 보게."

병사는 카이의 몸을 빠르게 훑더니 눈을 크게 떴다.

카이는 그가 말을 흐리던 순간부터 미소를 짓고 있었다.

'역시 NPC는 이런 부분이 편하다니까.'

그들은 굳이 말을 하지 않아도 플레이어의 상태를 확인할 수 있었다. 그래서 구구절절하게 설명할 필요가 없었다.

"제가 안쪽으로 들어가시는 걸 허락해 주시겠습니까?"

질문은 공손했지만 카이에게는 절대적인 확신이 있었다.

'설마 이 정도 성적을 내왔는데 튕기진 않겠지.'

그 예상은 곧 현실이 되었다. 병사들은 뻘쭘한 기색으로 서로를 쳐다보더니 고개를 끄덕였다.

"이렇게 대단한 실력을 지닌 모험가인 줄은 몰랐군."

"게다가 그 짧은 시간에…… 정말 놀랍네."

"지금 바로 타르달 님에게 기별을 넣도록 하지."

[아쿠에리아 병사 '유릭'의 호감도가 상승합니다.]
[아쿠에리아 병사 '헤센'의 호감도가 상승합니다.]
[아쿠에리아 병사 '레딘'의 호감도가 상승합니다.]

역시 사람은 능력 있고 예의 바른 자를 좋아하는 법!

호감도가 올라간 병사들의 비위를 맞추며 열심히 대화를 하고 있자, 저택의 시종이 다가왔다.

"타르달 님께서 접견을 허락하셨습니다. 저를 따라오세요."

끼이익.

굳게 닫혀 있던 타르달의 저택이 그 모습을 드러냈다. 카이는 저택 내부의 서재로 안내되었다. 서재는 벽 한 면이 통째 유리로 되어 있어 따스한 오후의 햇살이 들어오는 장소였다.

서재 한쪽에 햇볕이 잘 들어오는 자리의 원목 의자에는 70대 정도로 보이는 백발의 노인이 앉아 있었다.

사라락, 사라락.

그는 카이가 도착했다는 시종의 안내에도 자리에서 일어나지 않았다. 시종은 말을 마친 뒤 곧장 돌아갔고, 타르달의 주름진 손은 조용히 책장만을 넘겼다. 카이는 아무런 말도 하지 않은 채 가만히 그의 독서가 끝나기까지 기다렸다.

탁.

마침내 독서를 끝낸 타르달은 책을 덮으며 고개를 들었다. 콧잔등 위에 걸친 조그마한 돋보기안경을 벗어 테이블에 내려놓으며 카이를 쳐다봤다.

무슨 생각을 하고 있는지 도저히 읽을 수 없는, 무심하면서도 공허한 눈빛이 카이를 향했다.

카이는 그가 입을 열기 전에 먼저 90도로 허리를 숙였다.

"안녕하십니까, 카이라고 합니다."

물의 현자, 타르달 에이수스. 전직 라시온 왕국의 재상이었던 자로서 수많은 귀족과 왕족들이 그의 든든한 배경이다. 카이도 이번에야 알게 된 인물로, 아는 사람만 아는 네임드 NPC였다.

'설마 이런 식으로 만나게 될 줄이야.'

수많은 귀족과 왕족이 그를 스승으로 모시며 공경한다. 그런 이와 만나게 된 것은 카이로서도 크나큰 기회라 할 수 있었다.

"……."

아무 말 없이 조용히 카이를 응시하던 타르달의 입술이 천천히 열렸다.

"아르센의 소개로 왔다고."

"예, 그렇습니다."

"제법이군. 그 아이의 사람 보는 눈은 쓸 만한 편이거든, 부정청탁을 받을 녀석도 아니고."

"그, 그렇습니까?"

아르센 남작을 애처럼 취급하는 타르달!

그제야 카이는 자신이 어떤 인물을 눈앞에 두고 있는지 깨닫고 침을 꿀꺽 삼켰다.

"실력 입증을 위해 한 행동도 인상 깊군. 상당히 우수해."

"기회가 된다면 더 좋은 모습을 보여드리겠습니다."

카이가 꾸벅 고개를 숙였다. 만약 상대가 아르센 남작처럼 부드러운 인물이었다면 적당히 겸손을 부렸을 것이다.

왜냐하면 그것이 더 점수를 따기 좋은 방법이니까.

'하지만 타르달 같은 사람 앞에서는 내 성과를 깎아봤자 의미가 없지.'

아주 잠깐 봤을 뿐이지만 카이는 타르달이 어떤 종류의 사람인지 금세 파악했다.

'그 무엇보다 결과를 중요시하는 사람.'

애초에 자신의 실력을 증명한 모험가들만 만난다는 것부터가 이를 뒷받침했다. 사고방식만 따져보면 현자보다는 고지식한 마법사가 더 어울렸다.

타르달이 특유의 높낮이 없는 목소리로 말했다.

"묻고 싶은 것이 있다고 들었다."

"아, 예! 이 물건의 정체를 알고 싶습니다."

카이는 인벤토리에서 어둠의 정수 조각을 꺼내 책상 위에 올려놓았다.

타르달이 고개를 한 번 까딱였다.

"그렇군, 나를 찾아온 건 타당한 선택이었다."

'과연 물의 현자……!'

물건을 보는 것만으로도 정체를 알아낸 것인가!

얌전히 설명을 기다리는 카이에게, 청천벽력과도 같은 타르달의 목소리가 들렸다.

"하지만 맨입으로 말해줄 순 없다. 내 지혜를 빌리는 값은 저렴하지 않거든."

"예……?"

카이가 눈을 깜빡였다.

이것을 물어보기 위해 아쿠에리아까지 왔으며, 인던 랭킹 1위를 기록했던 것 아니었는가.

"하, 하지만."

"하지만! 내가 제일 싫어하는 단어다."

타르달이 돌연 눈을 번뜩였다. 70대의 노인이라고는 믿기지 않는 날카로운 눈빛이 카이를 관통했다.

[상대방의 위엄 수치가 압도적으로 높습니다.]
[상태 이상 '위축'에 걸렸습니다.]

[강력한 마법 저항력으로 상태 이상의 효과가 감소합니다.]
[모든 능력치가 일시적으로 25% 하락합니다.]

'이, 이런 말도 안 되는!'

마치 뱀 앞에 선 개구리처럼 빳빳하게 굳은 카이의 등골이 오싹해졌다.

단순히 위엄 수치가 차이나는 것만으로도 이런 일이 가능하단 말인가?

하지만 지금은 그럴 생각을 할 때가 아니었다. 다시금 무심한 눈빛의 타르달이 느긋한 목소리로 말했다.

"자네가 실력을 입증한 건 내 앞에 서기 위함이 아니었나."

"그 말씀은……."

질문에 대한 값은 따로 지불해야 된다는 소리였다.

'여기서 친근한 형제들을 써버릴까?'

잠시 고민이 되었지만 이내 고개를 저었다. 비장의 한 수라면 마지막을 위해 남겨놓는 것이 좋다고 판단되었기 때문이다.

"제가 무엇을 하면 되겠습니까."

"이해력이 빠르군."

휘익.

타르달이 조그마한 종이 하나를 내밀었다.

그것을 집어든 카이의 눈이 반짝였다.

띠링!

[타르달의 시험 퀘스트를 수락했습니다.]

[타르달의 시험]
[난이도 : 없음.]
[30일 안에 자신이 직접 사냥한 몬스터의 비늘을 가져오십
시오.]
[성공할 경우 : 타르달에게 질문에 대한 답을 들을 수 있음. 연
계 퀘스트 획득.]
[실패할 경우 : 타르달의 호감도 대폭 하락.]

'살벌한 퀘스트구만.'
타르달은 지금도 특유의 깐깐한 성격을 자랑하고 있었다.
그런데 여기서 호감도가 대폭 하락한다면 그건 그냥 두 번 다
시 볼 수 없다는 것과 다를 것이 없었다. 생각보다 훨씬 거대
한 페널티였다.
하지만 무엇보다 카이를 당황하게 한 건 퀘스트의 내용이
었다.
"저…… 타르달 님, 어떤 비늘을 가져오라는 것인지 안 쓰여
있습니다만?"

"자네가 가져올 수 있는 것 중 최고."

타르달의 대꾸는 간단했다. 그의 대답에서 카이의 능력을 철저하게 평가하겠다는 의지가 엿보였다.

카이의 머리가 빠르게 굴러갔다.

'지금 내 레벨 대에서 잡을 수 있는 몬스터 중에서 비늘을 드랍하는 애들이⋯⋯.'

다양한 종류의 몬스터들이 떠올랐지만 카이의 표정은 점점 어두워졌다.

'그런 일반적인 몬스터의 비늘을 구해 와봤자 결과는 뻔하겠지.'

이 퀘스트는 자신의 수준을 가늠하는 시험이었다. 무엇이 되었든, 타르달의 예상을 뛰어넘을 만한 비늘을 가져와야 했다. 거기다가 30일이라는 시간제한까지 있었다.

고된 미래가 예상되었지만 카이가 취할 수 있는 행동은 하나뿐이었다.

"실망시키지 않겠습니다."

"지켜보지."

타르달과의 대화를 마친 카이는 저택을 나섰다.

'100레벨 이하의 몬스터 중 비늘을 드랍하는 몬스터.'

그 정보를 찾기 위해 카이의 발걸음이 향한 곳은, 도서관이 아닌 정보 길드였다.

미드 온라인의 정보 길드는 기본적으로 음지에 속해 있는 단체였다. 대륙의 왕국과 제국에 막대한 세금을 지불함으로써 공식적인 단체로 인정을 받았다지만, 그 근본이 어디에 가는 것은 아니었다.

그래서인지 현재 카이를 담당하고 있는 정보 길드의 사내도 껄렁해 보였다.

"비늘을 드랍하는 몬스터를 찾고 싶으시다고?"

"예."

"잠깐 기다리고 있어 봐요."

사내가 말한 잠깐은 정말 잠깐이었다. 사라진 지 3분이 채 지나지 않아 서류를 잔뜩 들고 돌아왔다.

쿠웅!

"……."

그리고 그 잠깐 사이에 가져온 양은 결코 가볍지 않았다.

카이가 서류를 향해 손을 뻗자, 사내가 서류 더미를 끌어당기며 손으로 돈 모양을 만들더니 어깨를 으쓱거렸다.

"정보 길드 처음 오시나? 여기는 항상 선불입니다만."

"얼마죠?"

"1골드."

"괜찮네요."

고개를 끄덕이며 대꾸하는 카이의 목소리에는 있는 자의 여유가 묻어나왔다.

'젠장, 좀 더 비싸게 부를걸.'

속으로 투덜거린 정보 길드의 도적은 1골드를 건네받으며 고개를 까딱였다.

"뭐 다른 건 궁금한 거 없씁까? 지금이라면 좀 싸게 드릴 수도 있는데."

"지금은 없습니다."

짤막하게 대꾸한 카이는 서류 더미를 챙겨서 정보 길드를 나오며 고개를 저었다.

'눈 감으면 코 베어 갈 듯한 장소네.'

저런 곳이 어떻게 공식 기관으로 있는지 궁금할 정도였다.

아쿠에리아의 외곽 해변가의 바위에 걸터앉은 카이는 정보 길드에서 구매한 서류를 확인하기 시작했다.

'웜 리자드, 하피, 와이번, 블러드 스네이크······.'

서류에는 비늘을 드랍하는 몬스터들의 외형과 특징, 그리고 레벨과 서식지까지 표기되어 있었다.

'생각보다 일 처리는 깔끔하게 잘하네.'

정보 길드를 재평가한 카이는 옅은 한숨을 내쉬었다.

'지금 이 근처에서 잡을 수 있는 것 중 가장 난이도가 높은 건…… 강철 거북이인가.'

등은 강철로 이루어진 껍질로 덮은 채, 팔과 목에는 단단한 비늘이 돋아 있는 녀석이다. 그 존재 자체가 상당히 희귀한 녀석이었는데, 다행스럽게도 서류에는 녀석을 불러내는 방법이 적혀 있었다.

'거북이를 잡겠다고 낚시를 해야 하다니.'

강철 거북이는 2레벨 몬스터인 블러드 웜을 가장 즐겨 먹는다고 쓰여 있었다. 카이는 튼튼한 낚싯대와 블러드 웜을 구매하기 위해 자리에서 일어났다.

'하지만 강철 거북이는 레어 몬스터. 30일을 이 녀석만 바라고 허비할 수는 없어.'

딱 일주일 안에 강철 거북이가 나오지 않으면 미련 없이 포기하겠다.

그것이 카이의 결심이었다.

"솔로 천국…… 커플 지옥."

뚱한 표정을 지은 카이는 자신의 키보다 길쭉한 낚싯대를 짊어진 채 해변가를 걸었다.

"꺄르륵, 자기야! 나 잡아봐라."

"후후, 우리 자기 너무 빠른데?"

"자기야, 사랑해."

"아잉!"

"으으으으."

듣기만 해도 손과 발이 배배 꼬이는 낯간지러운 문장들!

그 유해한 문장들을 속삭이는 건 아쿠에리아의 해변에서 뛰노는 연인들의 혓바닥이었다.

당연한 소리지만 그들의 애정행각에 카이는 크게 부러워…… 아니, 분노했다.

"하라는 게임은 안 하고 연애질을……. 그러라고 사준 캡슐이 아닐 텐데!"

게다가 둘만의 장소도 아닌 공공장소에서 저렇게 부러운…… 아니, 부끄러운 짓들을 하다니!

'내가 언젠가 꼭 똑같이 복수해 주겠어.'

복수를 다짐하며 해변가를 뒤로한 카이는 바닷가의 외곽 지역으로 향했다. 30분 정도 걸으니 플레이어들은 물론이고 NPC들의 모습도 찾아볼 수 없었다.

아쿠에리아의 새하얗고 깨끗한 건물들은 외곽 지역으로 갈수록 허름해지더니, 종래에는 판잣집만이 눈에 들어왔다.

"흠, 이쯤이면 적당하겠어."

터가 좋다!

카이는 그런 느낌이 팍팍 드는 바위에 걸터앉아 낚싯대에 블러드 웜을 매달았다.

"자, 강철 거북이를 유인해 오너라."

힘차게 낚싯대를 던진 카이는 신경을 집중했지만, 낚시찌는 미동조차 하지 않았다.

'하긴, 강철 거북이가 무슨 사흘 밤낮을 굶은 거지도 아닐 테니까.'

낚시란 고기를 낚는 것이 아니라 세월을 낚는 것이다. 낚싯대를 고정하고 심심한 마음을 달래고자 인벤토리를 정리하기 시작했다.

"이건 버리고…… 와! 슬라임의 핵 이건 대체 언제 적 거야?"

시험 기간에 청소를 하면 재미있듯, 입질을 기다리면서 하는 인벤토리 청소도 무척이나 재미있었다.

"응?"

신나서 즐겁게 인벤토리를 청소하던 카이의 손에 책 한 권이 잡혔다.

"그러고 보니……"

로디의 가족을 구해주고 데바에게 보상으로 받은 동화책!

언젠가 한 번 읽겠다고 다짐은 했지만, 막상 게임에 접속하면 할 일이 많아서 책을 읽을 여유가 항상 없었다.

'하지만 지금은 시간도 좀 있고…… 마음의 양식이나 좀 채워볼까?'

툭, 툭.

"후-우!"

책을 뒤덮고 있는 먼지를 털어낸 카이는 책의 제목부터 확인했다.

[인어들의 고향]

"인어에 관련된 동화책인가…… 그렇네."

어린 시절, 인어 공주라는 동화책을 읽어본 기억이 있던 카이가 미소를 지었다.

이 나이에 동화책을 읽는 것이 조금 유치하기는 하겠지만, 뭐 어떤가.

'어차피 시간 죽일 일이 필요했으니 간만에 동심 충전이나 해볼까.'

사르륵.

첫 페이지를 펼친 순간, 삽화 한 장이 카이의 시선을 강탈했다.

23장
기사를 사랑한 인어

"와……!"

그림에는 업계 최고의 일러스트레이터가 한땀 한땀 그린 것처럼 생동감이 넘치는 바다와 그곳을 즐겁게 헤엄치는 인어들이 그려져 있었다.

'삽화 한 장만으로도 책을 펼친 가치는 충분하네.'

카이는 순식간에 독서에 빠져들었다.

……인어들은 보름달이 가장 높게 뜨는 시간에 물으로 나와 노래 부르기를 즐겨한다. 그들은 아무리 거리가 떨어져 있어도 동료의 감정을 파악할 수 있으며, 엘프나 드워프와는 다르게 기본적으로 성격이 순하고 장난기가 많은 종족이다.

한참이나 책을 읽던 카이가 고개를 갸웃거렸다.

'그런데 읽다 보니 동화책이 아니잖아?'

사실 동화책보다는 설정집에 가까운 책이었다. 저자가 누군지는 모르겠지만, 설정이 정말 탄탄하게 잡혀 있었다.

'인어들이 무엇을 좋아하는지, 또 무엇을 무서워하는지. 정말 세세하게 적혀 있다.'

그것뿐만이 아니었다. 그들의 왕국인 아쿠아베라는 물론이고, 천적인 나가들의 특징까지 아주 빠삭하게 알고 있는 이가 적은 듯했다.

순간 카이의 눈이 반짝였다.

'이 책의 저자는 혹시 아쿠아베라에 가본 적이 있던 것이 아닐까?'

책의 내용은 도저히 한 사람이 상상했다고 믿을 수 없으리만큼 방대하고, 또 자세했다.

카이는 곧장 책을 뒤져 저자를 살펴봤다.

"크라포드 윈더필드."

저자의 이름을 확인한 카이는 즉시 고민에 빠졌다.

'만약 이 사람이 아직까지 살아 있고, 내가 만날 수 있는 인물이라면……'

카이의 시선이 미동조차 하지 않는 낚싯대를 향했다.

정말로 크라포드를 만날 수만 있다면, 강철 거북이 따위와는 비교도 할 수 없는 비늘을 얻을 수 있을 것이 분명했다.

'아쿠아페라에는 지상에서 볼 수 없는 몬스터도 많겠지.'

그 비늘이야말로 자신이 가져올 수 있는 비늘 중 최고라 말할 수 있을 터!

그뿐만이 아니었다. 그곳에는 태양의 사제가 지닌 진정한 힘을 개방해 줄 세 개의 아이템 중 하나가 잠들어 있었다.

거기까지 생각이 미친 카이는 즉시 낚싯대를 거두고 일어섰다.

"역시 이런 데서 얌전히 기다리는 건 내 스타일이 아니야."

카이는 두 발로 열심히 뛰어다니며 고생하는 현장직 타입!

정보 길드로 돌아가자, 아까 정보를 건네준 사내가 눈살을 찌푸리며 입을 열었다.

"우리도 먹고살아야지. 환불은 못 해줘요."

"그런 거 아닙니다. 아까 추가 정보 물으면 싸게 해주신다고 했죠?"

"그건 아까였지만…… 금방 왔으니 해드리죠, 뭐. 이번엔 뭡니까?"

"사람 하나를 찾고 싶습니다."

"아하, 모험가요?"

"아닙니다."

카이의 대구에 사내는 재미있다는 표정을 지었다.

"모험가가 이 세계의 주민을 찾는다라…… 흔한 경우는 아니네요. 그래서 찾으시는 분 성함이?"

"크라포드 원더필드."

우뚝.

올라가 있던 사내의 입꼬리가 서서히 내려왔다.

"찾으시는 분 성함이 크라포드 원더필드라고요?"

"예."

"쓰읍……."

골치 아프다는 듯 제 앞머리를 쓸어넘긴 정보 길드의 도적이 몸을 앞으로 쑥 내밀며 물었다.

"대체 그 양반은 어떻게 알게 된 거요? 외지인이 쉽게 알 수 있는 이름이 아닐 텐데……."

"외지인? 그 말은……."

도적의 말실수에서 힌트를 찾은 카이가 되물었다.

"크라포드가 아쿠에리아와 연관된 사람인가 보죠?"

"아, 눈치 한번 더럽게 빠르시네."

실수했다는 표정으로 혀를 찬 도적이 손을 내밀었다.

"노코멘트하겠습니다. 저희 거래 방식은 아시죠? 선불."

"얼마입니까?"

"30골드."

"……."

인벤토리를 뒤적거리던 카이가 사내를 노려봤다. 가격대가 생각했던 것보다 훨씬 높았기 때문이다.

"아아, 그렇게 노려보지 말라고요. 내가 뭐 손님 등쳐먹는 사람도 아니고."

"등쳐먹는 것도 아닌데 그 가격이 말이 됩니까?"

"쩝…… 이 손님아! 솔직히 말해서 우리도 그 정보는 다루고 싶지 않다고요."

"그게 무슨 소리죠?"

콕콕.

사내가 검지로 천장을 가리켰다.

"높은 분들이 엮여 있거든요. 그것도……."

쿡쿡.

사내가 이번에는 엄지로 뒤쪽을 가리켰다.

"바로 이곳, 아쿠에리아의 영주분이랑."

"……."

"알잖아요? 똥개도 제 앞마당에선 한 수 먹고 들어가는데……. 아무리 정보 길드라도 좀 껄끄럽다, 이 말……."

짤그랑.

테이블 위로 금화 30개가 쏟아졌다.

주저 없이 돈을 지불한 카이는 '어쩌라고'라는 표정을 지으며 턱을 까딱였다. 설명이나 하라는 뜻이었다.

"하⋯⋯."

그 모습에 한숨을 내쉰 도적은 골드를 모두 챙기고 나서야 자리에서 일어났다.

"기다려보세요. 서류 들고 올 테니까."

10여 분이 흐르자 그는 아까와는 비교도 안 되는 양의 서류 더미를 들고 나타났다.

쿠웅!

종이뭉치가 내는 소리라고는 믿기지 않을 만큼 둔탁한 소리와 함께, 설명이 시작됐다.

"크라포드 윈더필드. 본래는 여기 아쿠에리아에서 기사인 양반이었지. 실력도 좋고, 인덕도 좋고, 잘생기고 나이도 어렸죠. 한마디로 앞날이 창창한 인재였다, 이 말이지."

사라락, 사라락.

사내는 서류 뭉치에서 사진을 찾아 이해를 도왔다.

'확실히 잘생겼네.'

서양의 배우를 연상케 하는 날카로운 턱선과 깊은 눈두덩이, 오똑한 코까지!

그의 말대로 앞날이 창창한 인재처럼 보였다.

"하지만 인재였다는 말은 과거형이니⋯⋯ 지금은 아니라는 말이네요."

"캬, 역시 우리 고객님. 눈치 하나는 더럽게 빨라!"

감탄을 터뜨린 사내가 가장 두꺼운 서류 하나를 흔들며 말을 이었다.

"이야기가 제법 길어질 거요."

"시간 많습니다."

"그럼 사양 않고……."

사내가 서류를 펼치자, 카이의 눈앞으로 메시지창이 떠올랐다.

[크라포드의 스토리를 보겠습니까? 수락하면 관련 퀘스트를 받을 수 있습니다.]

'본다.'

수락과 동시에, 마치 영화라도 보는 것처럼 카이의 시야에 영상이 펼쳐졌다.

크라포드 윈더필드는 아쿠에리아에서 가장 장래가 유망한 기사였다. 젊고, 실력도 뛰어나며, 인망도 높았다.

당연히 그를 사모하는 여성들도 셀 수도 없이 많았지만, 그에게는 이미 사랑하는 연인이 있었다. 그것도 그 누구에게도 말하지 못하는 비밀스러운 연인이었다.

찰박.

"오셨어요?"

아쿠에리아에서 멀리 떨어진 해안가의 동굴.

그곳에 도착한 크라포드는 자신을 기다리고 있는 여인에게 사랑스럽다는 미소를 지었다.

"늦어서 미안, 많이 기다렸지?"

"아니에요. 저도 방금 왔는데요, 뭘."

찰박, 찰박.

가녀린 두 다리로 동굴 바닥에 고인 물웅덩이를 차고 있던 여인이 자리에서 일어났다. 에메랄드빛의 아름다운 두 눈동자는, 그녀가 일반적인 사람이 아님을 증명했다.

크라포드의 넓은 가슴에 그대로 안긴 여인은 10분이 지나서야 그의 품에서 떨어졌다. 그녀가 떨어지자 못내 아쉬운 표정을 지은 크라포드가 입을 열었다.

"역시 당신에게서는 좋은 냄새가 나."

"킁킁, 혹시 저한테서 비린내 난다고 구박하시는 거 아니죠?"

"뭐? 하하하!"

연인의 농담에 웃음을 터뜨린 크라포드가 그녀의 푸른빛 머리칼을 쓸어내렸다.

"절대 아니야. 당신에게서 얼마나 좋은 냄새가 나는데."

"바다 짠 내밖에 안 날 거 같은데……."

"아니라니까. 인어들은 모두 당신처럼 좋은 냄새가 나나?"

"제가 좀 특별하답니다."

장난기 어린 미소를 짓는 그녀는 인어였다.

그야말로 종족을 뛰어넘은 사랑!

물에 빠진 크라포드를 인어인 엘레느가 구해주던 순간, 그들은 운명처럼 서로에게 반했다. 그들의 만남은 고작 한 달에 한 번꼴로 이루어졌지만, 서로를 향한 사랑은 점점 깊어져 갔다.

"엘레느, 좋은 소식이 하나 있어."

"뭔데요?"

좋은 소식이라는 말에 엘레느가 기대 어린 표정을 지으며 되물었다.

"아무래도 조만간 기사직을 반납하고 자유의 몸이 될 거 같아."

"네? 혹시…… 저 때문이에요?"

"아니야."

크라포드가 씁쓸한 미소를 지으며 고개를 흔들었다.

"도저히 지금 모시는 주군에게 충성을 다 할 자신이 없어서 그래. 당신과는 상관없어."

그의 주군인 아쿠에리아의 영주 바리탄은 욕심이 많고 기사의 명예를 우습게 아는 작자였다. 바리탄의 밑에서 기사직을 수행하던 크라포드는 회의감을 느끼고, 그를 떠나기로 결심했다.

"그런데 그게 왜 좋은 소식이에요?"

"기사를 그만두면 너를 매일 볼 수 있잖아."

크라포드의 눈매가 초승달처럼 곱게 휘었다. 그는 엘레느가 사랑스러워서 견딜 수 없다는 눈빛으로 그녀를 쳐다보며 그녀의 손을 잡았다.

"그때가 되면 나랑 결혼해 줄래?"

"크, 크라포드⋯⋯ 지금 혹시?"

"맞아, 프로포즈야."

"하지만 전 인어인데⋯⋯ 괜찮을까요?"

"상관없어, 누가 뭐래도 엘레느는 내가 가장 사랑하는 여인이니까."

"크라포드⋯⋯."

눈시울을 붉히며 울먹거린 엘레느는 연신 고개를 끄덕였다.

"할래요! 크라포드와 결혼할게요."

크라포드의 프로포즈는 성공적이었고, 두 사람의 입맞춤과 함께 장면이 뒤바뀌었다.

"그동안 모실 수 있어서 영광이었습니다."

"끄응⋯⋯. 정말 그만둘 텐가?"

"죄송합니다."

갑옷을 벗고 사복을 입은 크리포드는 바리턴에게 고개를 숙였다. 그 모습에서 꺾을 수 없는 의지를 읽은 바리탄이 결국 혀를 찼다.

"어쩔 수 없군. 그동안 수고했네. 살펴가게."

"부디 강녕하시길."

자유의 몸이 되어 영주의 저택을 나선 크라포드는 새사람이 된 듯한 기분을 느꼈다.

'이제 엘레느와 정식으로 부부의 연을 맺고, 즐겁게 살아가는 일만 남았다.'

그 사실이 미치도록 즐거워서 입꼬리가 귀에 걸려 내려오질 않았다.

게다가 오늘 밤에는 항상 만나던 장소에서 그녀와 만나기로 약속도 정해둔 상태였다. 그들이 한 달에 한 번씩만 만나던 이유는 사람들의 눈을 피하기 위함이었다. 하지만 오늘 같은 날에는 꼭 그녀와 함께하고 싶었기에 억지를 부린 감이 없잖아 있었다.

크라포드는 수중에 있는 돈을 털어 아름다운 반지를 샀다.

'좋아해 줬으면 좋겠군.'

부푼 가슴을 안은 크라포드는 그날 밤, 그들이 항상 만나던 장소에서 그녀를 기다렸다.

하지만 며칠이 지나도 그녀는 오지 않았다.

'대체 왜……'

일주일 만에 얼굴이 핼쑥해진 크라포드는 터덜터덜, 힘없는 걸음으로 아쿠에리아로 돌아왔다.

그녀가 약속을 해놓고 오지 않은 적은 이번이 처음이었다.

그 이유를 도저히 알 수 없던 크라포드는 술집으로 들어가 술을 있는 대로 들이켰다.

평소 그를 잘 알고 있던 술집 주인이 넌지시 물었다.

"뭐 슬픈 일이라도 있나 보지?"

"큭, 예…… 아무래도 저, 실연당한 것 같습니다."

"저런! 어떤 여자가 자네 같은 사람을?"

진심으로 안타깝다는 표정을 지어 보인 술집 주인은 주변의 눈치를 살피더니, 넌지시 말을 건넸다.

"그런 여자는 잊어버리게. 그리고 오늘 밤 중앙 광장에 가보게나."

"중앙 광장은 왜요?"

"자네 몰랐나? 영주님께서 일주일 전에 잡은 인어를 오늘 광장에서 전시하시기로 공표하셨네. 그 미모가 끝내주게 아름답다고 하더군. 그녀라도 보면서 슬픈 일은 잊어버리게."

"인어…… 라고요?"

번쩍!

그 단어를 듣는 순간, 그는 마나로 취기를 순식간에 날려버렸다. 몽롱하던 정신을 날카롭게 벼린 그는 술집 주인에게 물었다.

"어디서 잡았답니까?"

"으, 응? 멀지는 않다고 들었네. 왜, 저기 서쪽으로 가면 쌍둥이 바위가 있지 않은가? 그 근처에서 잡았다고 하더군."

크라포드의 돌변한 기세에 놀란 술집 주인이 떠듬떠듬 말을 마쳤다.

'쌍둥이 바위……'

크라포드의 눈이 빛났다.

항상 그녀와 만나던 동굴이 쌍둥이 바위의 근처에 있었기 때문이다.

'설마 나 때문에? 내가 무리하게 보자고 해서 엘레느가 잡힌 건가?'

자리에서 벌떡 일어난 크라포드는 자신의 집으로 향했다.

철그럭, 철그럭.

다시는 쓸 일이 없을 거라고 생각하던 검과 방어구를 장비한 크라포드는 밤을 기다렸다.

마치 수영장을 연상케하는 거대하고도 투명한 어항.

그 안에 갇힌 존재는 두려운 눈으로 자신에게 쏟아지는 시선들을 회피했다.

엘레느, 크라포드의 연인이자 인어족인 그녀는 연신 뒤로 물러나고 싶었지만, 그조차도 쉽지 않았다.

철그렁, 철그렁.

그녀의 목을 강력하게 조이고 있는 목줄이 그녀의 움직임을 철저하게 제한하고 있었던 것이다.

'보고 싶어요……. 크라포드…….'

광장에 모인 수많은 사람들에게 동물처럼 구경거리가 된 엘레느는 구슬프게 울었다.

그리고 그 순간, 분노가 머리끝까지 차오른 듯한 고함 소리와 함께, 어항이 깨졌다.

쨍그랑! 촤아아아아악!

어항이 깨지고, 흘러나오는 물과 함께 엘레느도 섞여 나왔다.

순식간에 검을 휘둘러 어항을 깨고, 엘레느의 목에 걸린 목줄마저 잘라 버린 크라포드는 그녀를 품에 안고 달렸다.

"아, 크라포드! 크라포드!"

"조금만 기다려! 내가 널 다시 바다로 돌려보내 줄 테니까."

영지민 수백 명이 지켜보는 앞에서 자신의 물건을 강탈당한 바리탄 남작은 크게 분노했다.

"저 녀석은 크라포드가 아닌가? 감히 내 물건에 손을 대다니!"

이제는 자신의 기사도 아닌 녀석이 가장 아끼는 물건을 훔쳐갔다. 그 상황에서 바리탄이 내릴 만한 명령은 하나뿐이었다.

"놈을 죽여서라도 인어를 다시 찾아와라!"

분노에 찬 바리탄의 명령과 함께 크라포드의 이야기는 끝이 났고, 카이의 시야가 본래대로 돌아왔다.

카이가 눈을 지그시 감았다.

마치 짧은 단편 영화를 한 편 감상한 것처럼, 크라포드의 이야기는 머릿속을 떠다니며 짙은 여운을 남겼다.

'그렇군, 그건 크라포드의 이야기였어.'

그는 종족을 뛰어넘은 사랑을 나누던 낭만적인 기사였다. 그것이 그가 '인어들의 고향'이라는 책을 쓸 수 있었던 이유이기도 했다.

"두 사람은 어떻게 되었습니까."

"엘레느는 무사히 바다로 돌아갔지. 크라포드가 끈질긴 추격에도 그녀만은 끝까지 지켜냈거든."

"크라포드는요?"

이야기를 하던 도적은 의자 등받이에 몸을 기대더니, 담뱃갑을 열어 한 개비를 집어 들었다.

"고객님, 하나 펴도 될까?"

"예."

칙, 치직.

마법 성냥으로 담배에 불을 붙인 도적은 매캐한 연기를 음미하더니 말을 이었다.

"크라포드도 목숨은 건졌어. 지금도 아쿠에리아의 주민으로 살아가고 있거든."

"……정말입니까? 바리탄 남작의 성격에 그럴 것 같지는 않은데."

"정말이야. 크라포드는 현재 아쿠에리아의 서쪽 외곽 지역의 판자촌에서 물고기나 낚으면서 살고 있지."

툭.

아예 골드 주머니를 책상 위에 올려놓은 카이가 물었다.

"얼마입니까."

"이건 2골드만 내."

돈을 받은 도적은 크라포드가 살고 있는 위치가 담긴 지도를 건네면서 설명을 이었다.

"바리탄 남작에게도 대외적인 이미지라는 게 있거든. 사실 그 인어가 크라포드의 연인이었다는 사실이 알려진 후, 영지민들의 동정표가 쏟아졌어."

"그래서 살려줬다고요?"

"아니, 엄밀히 말하면 살아도 산 게 아니지만."

치이익, 툭.

거의 끝까지 타들어 간 담배를 끄고 쓰레기통으로 던진 도적이 카이를 보며 말을 이었다.

"그의 성정이라면 크라포드를 사고사로 위장해서 죽이고도 남아. 그런데도 살려줬다는 건⋯⋯."

"바라는 게 있군요."

"이야, 우리 고객님 아까부터 눈치 빠르네. 혹시 여기 취직해 볼 생각 있남?"

"없습니다. 그래서 바리탄 남작이 원하는 건 인어인가요?"

"그것밖에 더 있겠어? 물론⋯⋯ 그 생각을 크라포드가 모를 리 없지."

"그런데 왜 도망칠 생각을 안 합니까?"

"도망을 치고 싶어도 못 쳐. 탈출 과정에서 크라포드는 팔과 다리에 심각한 상처를 입었거든. 게다가 주변에 기사 두 명이 항상 감시를 하고 있기도 하고."

정보 길드의 도적이 이야기를 끝내자, 카이의 눈앞으로 퀘스트창이 떠올랐다.

띠링!

[크라포드를 찾아가라]

[난이도 : E-]

[아쿠에리아의 서쪽 외곽 판자촌에 살고 있는 크라포드를 찾아가서 대화하십시오.]

[성공할 경우 : 명성 10 상승.]

'연계 퀘스트가 있겠구나.'

누군가를 찾아가라는 퀘스트는 대개 연계 퀘스트로 이어진다. 그 사실을 알고 있는 카이가 슬며시 자리에서 일어났다.

"좋은 정보 감사합니다."

"나야말로."

도적과 인사를 마친 카이가 밖으로 나왔을 때는, 이미 하늘이 새카맣게 물든 후였다.

'인어를 사랑한 기사라……'

그들을 기다리는 진정한 엔딩은 과연 어떤 형태일지, 카이는 그 끝을 직접 보고 싶었다.

"계십니까."

다음 날 오전이 되자 크라포드의 집으로 찾아간 카이는 문을 두드렸다.

잠시 후 안쪽에서는 경계 어린 목소리가 흘러나왔다.

"누구요."

"지나가던 모험가입니다. 꼭 여쭤볼 게 있어서요."

"들어오시오."

문을 열고 들어간 카이는 눈살을 찌푸렸다.

'이곳이 한때 미래가 촉망받던 기사가 사는 곳인가……'

사람이 살 수 있는 곳이라고는 생각되지 않는 볼품없는 공간에 절로 안타까움이 느껴졌다.

크라포드로 추정되는 40대 중반의 남자는 다리를 절뚝거리며 카이에게 다가왔다.

"모험가가 나에게 무슨 볼일인가?"

그곳에는 크라포드의 이야기에서 보았던 젊고 잘생긴 청년이 없었다. 노숙자를 연상케하는 장발의 머리와, 덥수룩한 수염의 지친 중년 한 명이 있을 뿐이었다..

"이 책, 당신이 쓰신 것 맞습니까?"

카이가 인벤토리에서 인어들의 고향을 꺼내자, 크라포드의 두 눈이 매우 커졌다.

"아니, 이 책은……?"

떨리는 손을 뻗어 책을 부여잡은 크라포드는 천천히 책장을 펼쳤다.

한 페이지, 두 페이지. 느릿하게 책을 읽던 그가 고개를 끄덕였다.

"맞소. 이건 내가 집필하여 엘레느…… 내 연인에게 선물해 주었던 책이지."

"전 우연한 경로로 이 책을 손에 넣었고, 당신과 엘레느의 이야기를 알게 되었습니다."

"으음……."

자신이 사랑했던 연인을 떠올린 크라포드가 쓸쓸한 미소를 지었다.

"이제는 다 지나간, 한때의 추억일 뿐이지."

"왜 모든 것이 끝났다고 생각하십니까?"

툭, 툭.

주먹으로 자신의 가슴을 쳐 보인 카이가 믿음직스러운 눈빛을 보냈다.

"제가 엘레느와 만날 수 있도록 도와드리겠습니다."

"마음은 고맙지만 무리라네. 지난 20년 동안 나도 그녀를 보고 싶었지만, 감시 때문에 그러지 못했지. 혹여나 그녀가 다시 잡히기라도 하면…… 이번에는 구해줄 수 없으니까."

고개를 떨구는 크라포드는 완전한 자포자기 상태였다. 검은커녕 숟가락 하나도 겨우 드는 빈약한 양팔과 걸어 다닐 때조차 절뚝거리는 두 발, 카이가 보기에도 누군가를 구해주기에는 턱없이 부족한 몸뚱이였다.

"하지만 엘레느를 알고 있는 모험가라…… 그렇다면 자네에게 부탁할 것이 있네."

절뚝, 절뚝.

방의 구석으로 다가간 크라포드는 바닥에 쌓인 책들 사이에서 뭔가를 꺼내 카이에게 내밀었다.

"이게 뭡니까?"

"편지일세. 나는 기사들의 시선을 피해 그녀를 볼 수 없지만…… 모험가인 자네라면 가능할 것이네. 그녀에게 이 편지를 건네주게나."

띠링!

[크라포드를 찾아가라 퀘스트를 완료했습니다.]
[명성이 10 상승합니다.]
[연계 퀘스트, 크라포드의 마음 퀘스트로 연계됩니다.]

[크라포드의 마음]
[난이도 : D-]

[자신의 연인을 만날 수 없다는 사실을 누구보다 잘 알고 있는 크라포드의 마지막 소원은, 그녀가 자신을 잊은 채 새로운 인생을 살아가는 것뿐입니다.

엘레느에게 크라포드의 마음이 담긴 편지를 전해줍시다.]
[성공할 경우 : 선행 스탯 5 상승, 인어의 비늘.]
[실패할 경우 : 선행 스탯 5 감소.]

"……."

편지지를 받아든 카이는 퀘스트 창을 앞에 놓고 고민했다. 카이로서는 위험 부담을 떠안을 여지도 없는 쉬운 퀘스트였지만, 고민을 하는 이유는 간단했다.

'두 사람의 엔딩……. 정말 내가 이대로 끝내도 괜찮은 걸까?'

엘레느와 크라포드, 두 사람에게는 그 어떠한 잘못도 없었다. 서로를 사랑한 죄밖에 없는 그들이 이 지경이 된 것은 모두 바리탄의 탐욕 때문이다.

'만약 바리탄이 욕심을 부리지 않았다면…….'

머릿속에서 아름다운 그림이 그려졌다.

해변가를 뛰면서 해맑게 웃는 아이와 그 모습을 지켜보며 손을 잡은 채 걸어가는 부부, 크라포드와 엘레느의 모습이.

하지만 현실은 참혹했다.

'두 사람은 20년이 넘게 서로의 얼굴조차 볼 수 없었고…….

크라포드는 다 찌그러져 가는 이 집에서 겨우 숨만 붙이고 살고 있지.'

이 상황에서 편지를 전해주는 것에 대체 무슨 의미가 있겠는가. 마음을 굳힌 카이는 편지를 다시 내밀며 고개를 흔들었다.

"거절하겠습니다."

동시에 떠오르는 알림음!

쿠구궁.

[크라포드의 마음 퀘스트를 실패했습니다.]

[선행 스탯이 5 감소합니다.]

충격적인 메시지가 떠올랐음에도 불구하고 카이는 눈 하나 깜짝하지 않았다. 그는 자신이 옳다고 믿는 것은 포기하지 않고 그대로 밀고 나가는 고집불통이었다.

카이의 행동은 크라포드조차 당황하게 만들었다.

"아, 아니, 대체 왜……? 날 도와준다고 하지 않았나?"

"엘레느와 만나는 걸 도와드린다고 했지, 이런 편지 쪼가리를 전해준다고는 말 안 했습니다."

"하지만 난 더 이상 그녀와 만날 수 없네."

"제가 도와드린다고 했잖습니까."

"그렇게 간단한 문제가 아니란 말일세!"

주먹으로 제 가슴을 쿵쿵 때린 크라포드는 분노와 억울함이 한데 섞인 목소리로 외쳤다.

"나라고 그녀를 만나고 싶지 않겠나? 전혀, 아마 이 세상에서 가장 그녀를 보고 싶은 건 나일 걸세!"

"그런데 어째서……."

"이미 한 번 실패해 봤으니까!"

버럭 소리를 친 크라포드는 입술을 꾹 다물더니 의자에 털썩 주저앉았다.

이어진 음성은 착 가라앉아 있었다. 크라포드는 자책을 하는 것처럼 흐느끼는 목소리로 말을 이었다.

"내 욕심으로 인해 그녀가 눈물을 흘리는 걸 봐버렸단 말일세. 만약 내 욕심으로 인해 그녀가 다시 한번 잘못된다면……. 난 도저히 어떻게 해야 좋을지…… 모르겠단 말이네."

'그런가.'

죄책감, 크라포드는 엘레느가 인간에게 잡힌 이유가 자신 때문이라는 죄책감에 짓눌리는 중이었다.

'하지만 그것은 당신의 잘못이 아닙니다.'

왜 잘못을 저지르지 않은 자가 후회하며 과거에 갇힌 채 살아가야 하는가.

목에서 태양교의 펜던트를 꺼낸 카이는 두 손으로 그것을 잡으며 지그시 눈을 감았다.

"크라포드 님, 그것은 절대 당신의 욕심이 만들어낸 일이 아닙니다. 욕심에 사로잡혀 두 사람의 아름다운 사랑을 철저히 짓밟은 자가 죄인이지요."

"그…… 펜던트를 보니 태양교의 사제였군. 하지만 이미 늦었네. 난 이미 그녀에게 상처를 입혔어. 아마 날 많이 원망하고 있겠지."

두 손으로 제 얼굴을 덮으며 자책하는 크라포드.

그를 물끄러미 보던 카이가 질문을 던졌다.

"크라포드 님은 엘레느 님을 원망하십니까? 왜 인간에게 잡혀서 이런 상황을 만들어냈느냐고요."

"말도 안 되는 소리! 내가 어찌 그런 생각을……."

"마찬가지입니다."

고개를 들어 올린 크라포드가 마주한 건 자애로운 카이의 미소였다. 카이는 햇살의 따스함이 담긴 손을 크라포드의 정수리 위에 가볍게 얹었다.

그의 머리를 뒤덮고 있던 부정적인 생각이 천천히 씻겨나가고, 상처 입은 마음이 치유되었다.

카이가 부드러운 목소리로 말했다.

"크라포드 님은 어째서 엘레느 님을 원망하지 않습니까?"

"그야…… 그야, 내가 아직도…… 아직도, 그녀를 사랑하기 때문이네."

그녀가 지나간 한때의 추억이라는 것은 새빨간 거짓말, 자신을 잊은 채 살아가면 좋겠다는 내용이 담긴 편지도 새빨간 거짓말, 거짓으로 무장을 한 채 자신마저 속이던 크라포드는 가슴 한편에서 북받쳐 올라오는 서러움을 이겨내지 못하고 결국 울음을 터뜨렸다.

사랑하는 이를 20년 동안이나 볼 수 없었던, 그 누구보다 뜨거운 가슴을 지닌 사내의 눈물이었다.

"그렇습니다. 사랑하기 때문에…… 그렇다면 엘레느 님은 어떨 것 같습니까?"

"그녀라면……."

"당신이 알고 있는 엘레느 님이라면, 정말로 사랑이 식은 채 당신을 원망할 것 같습니까?"

"……그녀라면, 그녀가 그럴 일은…… 없을 걸세."

주르륵.

누구보다 엘레느를 잘 알고 있기에, 절대 그럴 일 없다는 걸 알고 있는 크라포드가 눈물을 흘리며 눈을 감았다.

사실 그녀가 자신을 원망하고 있을 거라는 생각은 단 한 번도 해본 적이 없었다. 그저 그녀를 만나지 못하는 것이 서럽고 두려웠기에 20년간 자기합리화만 해왔을 뿐이었다.

"사람은 신이 아닙니다. 서로의 생각을 모르고, 감정을 모른 채 살아가지요."

카이의 손끝에서 뿜어져 나오는 황금빛은 순식간에 방을 가득 채웠다.

"하지만 사랑, 그 위대한 감정은 그 말도 안 되는 걸 가능토록 해줍니다."

카이의 따스한 위로 한 마디에 크라포드는 두 눈을 질끈 감은 채 물었다.

"내가 진정…… 진정 욕심을 부려도 되겠는가?"

"그걸 욕심이라 부르지 마십시오. 그건 당신의 진심이지 욕심이 아닙니다."

거듭된 카이의 설득에 결국 크라포드는 자신의 마음을 깨닫고, 인정했다.

"크으윽…… 보고 싶네. 엘레느…… 나의 사랑스러운 연인이 미치도록 보고 싶다네!"

지난 20년 동안, 그녀가 자신의 삶에서, 자신의 마음속에서 자리를 비웠던 적은 단 한 순간도 없었음을 크라포드는 그 순간 깨달을 수밖에 없었다.

카이는 다 큰 어른이 펑펑 우는 것을 지켜보며 손수건을 건넸다. 한참이나 눈물을 흘리던 크라포드는 진정이 되자 멋쩍은 표정을 지었다.

"고맙네, 이거 부끄럽군."

"이제 와서요?"

카이의 장난스러운 미소를 마주한 크라포드는 머리를 긁적이며 되물었다.

"그런데 대체 어떻게 하겠다는 건가? 말했다시피 내 주변에는 두 명의 기사가 항상 날 감시하고 있네."

"그들은 제가 맡을 테니 염려 놓으시고…… 엘레느 님을 만날 방법은 있으십니까?"

"……방법은 있네."

크라포드는 자신의 베개에서 조그마한 피리 하나를 꺼내들었다.

"조개껍데기로 만든 피리일세. 이 피리를 건네주던 엘레느가 이런 말을 했네. 이 피리를 부르면 어디가 되었든, 언제가 되었든, 자신이 찾아가겠다고."

"낭만적이군요."

"……그래, 그녀는 끝내주게 멋진 여성일세. 나와는 다르게 말이지."

"크라포드 님도 수염 깎고, 머리 손질하면 아직 현역일 거 같은데요?"

카이의 말은 빈말이 아니었다. 지금에야 노숙자처럼 보인다지만, 카이는 크라포드의 젊은 시절을 본 적이 있다.

'부러울 정도로 잘생겼었지!'

지금도 수염과 긴 장발에 가려져 있을 뿐, 본판이 어디 가지는 않았을 것이다.

"그럼 일단 나가죠."

"어디를…… 말인가?"

"설마 지금 그 꼴로 엘레느 님을 보시겠다는 건 아니죠?"

카이의 황당하다는 듯한 목소리에 제 몸을 내려다보던 크라포드가 기어들어 가는 목소리로 중얼거렸다.

"부끄럽지만 내 수중엔 돈이……."

"그건 걱정하지 마세요."

카이가 씨익 웃으며 큰소리쳤다.

"제가 오늘 크라포드 님을 머리부터 발끝까지 싹 다 고쳐드릴 테니까."

서걱, 서걱.

"어머……!"

"어쩜……!"

아쿠에리아의 미용실에서 손님들의 머리를 손질하던 직원들이 동시에 감탄사를 터뜨렸다.

스윽.

감겨 있던 눈을 뜬 크라포드는 거울에 비친 자신의 모습을 쳐다봤다.

"아아……."

세월이 흘러 나이를 먹고, 주름이 조금 지기는 했지만, 엘레느와 뜨거운 사랑을 나누던 그 시절의 그 얼굴이다. 자신조차 오랜만에 보는 얼굴이었으니, 주변 사람들의 반응은 말할 것도 없었다.

머리와 수염 손질이 끝나자 카이는 그를 데리고 가게를 나왔다.

'진짜 잘생겼다.'

그야말로 미중년이라는 말이 딱 어울리는 크라포드!

젊었을 때는 단순히 잘생긴 미청년이었지만, 슬픈 나날을 보내온 그는 우수에 찬 눈빛으로 인해 한층 더 성숙하고 쓸쓸한 분위기를 자아냈다.

"이제 옷을 사러 가죠."

"아니, 그렇게까지 폐를 끼칠 수는……."

"말했잖습니까? 오늘 머리부터 발끝까지 다 해드린다고."

크라포드의 등을 떠민 카이는 옷집과 구두집 등을 들러 크라포드를 완벽한 신사로 만들었다.

"흠, 좋군요."

크라포드의 비포&애프터를 사진으로 찍어서 광고하면, 떼돈을 벌 수 있을 정도였다.

'사람이 이렇게나 바뀔 수 있다니……. 역시 사람은 평소에 관리를 잘해 줘야 돼.'

불과 며칠 전, 어머니의 생신 때 겨우 거지꼴을 탈출한 건 까맣게 잊어버린 카이였다.

본래 개구리는 올챙이 적을 생각하지 않는 법!

크라포드를 이끈 카이는 마지막 목적지로 다가갔다.

멈칫.

"잠시 기다리게. 이곳은……."

카이의 어깨를 붙든 크라포드는 아련한 눈빛으로 가게의 간판을 올려다봤다.

"무슨 문제 있습니까?"

"……아니, 아닐세."

크라포드는 얌전히 카이의 뒤를 따라 가게로 들어갔다.

"마음에 드는 것 고르세요."

"내가 말인가?"

"그럼 제가 고를까요?"

"……아닐세, 내가 고르지."

크라포드는 장신구 상점의 반지 진열대를 한참이나 구경하더니, 카이에게 돌아왔다.

"정하셨어요?"

"정하지 못했네."

"그럼 제가 정해드릴까요?"

"아니."

고개를 절레절레 흔든 크라포드는 미소를 지으며 말했다.

"자네에게는 미안하지만, 반지 정도는 내가 알아서 하면 안 되겠나?"

"예? 하지만 크라포드 님은 분명 돈이 없으시다고……."

"그녀에게 꼭 전해주고 싶었던 반지가 있네."

"……."

20년 전 차마 그녀에게 전해주지 못했던, 프로포즈 반지!

그것을 떠올린 카이는 입을 꾹 다물고 고개를 끄덕였다.

"그럼 그렇게 하죠."

"고맙네."

"뭘요, 저도 돈 굳어서 좋죠."

크라포드는 익살스러운 표정을 짓는 카이를 이끌고 어딘가로 향했다.

그가 앞장서서 도착한 곳은, 저 멀리 바다 위로 쌍둥이 바위가 보이는 해변가였다.

"이곳이면 될까요?"

"아아, 항상 만나던 곳이 이 근처였네."

"그럼 피리를 불어서 엘레느 님을 부르세요."

"자네는 정말 괜찮겠나?"

"안 괜찮아도, 괜찮도록 만들어야죠. 준비도 좀 하고요."

수식가에 장비를 칠흑의 원한 세트로 변경한 카이가 등을 돌렸다.

그의 시야에 저 멀리서 다가오는 두 명의 기사가 보였다.

철그럭, 철그럭.

전신을 보호하는 풀 플레이트 메일을 장비한 두 명의 기사가 해안가로 들어섰다.

그들은 해변의 끝에서 피리를 불고 있는 크라포드를 응시하더니 그에게 다가갔다.

척.

하지만 그들의 앞길을 막아서는 이가 있었다. 전신을 새카만 경갑으로 감싼 모험가, 카이였다.

"저쪽은 지금부터 바쁠 예정이니, 저희는 저희끼리 따로 대화합시다."

"이게…… 대체 무슨 짓이지?"

"우리는 아쿠에리아의 영주이신 바리탄 남작님에게 받은 임무를 수행 중이다."

두 명의 기사는 자신들의 앞을 가로막은 카이를 향해 으르렁거렸다.

"설마 모험가 따위가 바리탄 남작님의 명령을 거스르겠다는 소리는 아니겠지?"

"난 태양신 헬릭 님이 이 땅에 전파하신 말씀을 따르는 중인데, 감히 남작 따위가 신을 거스르겠다는 소리는 아니겠죠? 신성 모독으로 확 교단에 신고해 버릴까요."

"감히 뚫린 입이라고!"

말이 안 통한다는 걸 깨달은 기사들이 검을 뽑아 들었다. 그에 맞춰 전투태세에 돌입한 카이가 눈을 빛냈다.

'우선 간부터 볼까.'

파앗!

모래사장을 박차고 돌진한 카이의 검이 회전하며 한 명의 기사를 찔러 들어갔다.

"칼날 쇄도!"

"으음!"

기사 하나가 생각보다 빠른 카이의 공격에 신음을 흘리며 검을 휘둘렀다.

채앵!

'반응 좋네. 공격력을 보면 대충…… 100레벨 정도인가.'

그야말로 압도적이라고 칭할 만한 차이!

오크 로드를 상대할 때보다도 힘든 상대인데, 이번에는 무려 두 명이었다.

'게다가 이 녀석들은 오크처럼 머리가 나쁘지도 않아.'

사람과 똑같이 생각하도록 만들어진 NPC, 그것도 설정상 수십 년이나 검을 휘둘러온 기사들이 카이의 상대였다.

"도베르! 이 녀석은 내가 맡고 있을 테니, 크라포드의 신병부터 확보해!"

"알았다!"

도베르라 불린 기사가 카이를 그대로 지나쳐갔다.

그리고 그 순간, 카이의 눈이 빛났다.

'걸렸다.'

순식간에 몸을 돌려 도베르의 뒤로 따라붙은 카이가 소리쳤다.

"지금이다!"

파바박!

카이가 외치자 모래가 폭발하듯 허공에 비산했다.

모래사장에 땅을 파고 숨어 있던 것은 무려 여섯 마리의 놀 스켈레톤!

그들은 동시에 도베르의 왼쪽 다리에 매달렸다.

"뭐, 뭐냐 이것들은!"

당황한 도베르가 검을 한 번 휘두를 때마다, 나약한 놀 언데드들은 그대로 역소환당했다.

하지만 카이에게는 그 정도 시간이면 충분했다.

'칼날 쇄도!'

콰드드득!

풀 플레이트 메일은 강력한 방어력을 지닌 장비로써, 기사들이 즐겨 착용한다.

그 강력한 방어력을 바탕으로 자잘한 적의 공격은 무시하고 휘두르는 검은 살벌할 정도!

'하지만 여기에도 약점이 있지.'

이음새, 각 신체 부위를 방어하는 두꺼운 철판 사이의 이음새가 풀 플레이트 메일의 유일한 약점이었다.

통짜 재료를 사용해 방어력을 증강한 풀 플레이트 메일을 입은 자가 원활하게 움직일 수 있도록, 이음새 부분을 느슨하게 만들 수밖에 없기 때문이었다.

보통 이음새 부분을 채우고 있는 건 가죽!

가죽을 뚫기에 충분한 카이의 검은 기사의 무릎 쪽에 위치한 이음새를 그대로 관통했다.

"크아아악!"

순식간에 한쪽 다리가 걸레가 되어버린 도베르는 시끄러운 비명을 지르며 검을 휘둘렀다.

하지만 이미 카이는 목적을 달성하고 거리를 벌려 검의 궤적에서 벗어난 상태!

'젠장, 왼쪽 다리가……'

움직일 수 없을 정도로 망가졌다.

도베르는 그 사실을 깨닫는 순간, 자신의 동료인 부르파에게 도움을 요청했다.

"혼자서는 무리다, 지원을!"

"젠장……. 그럼 둘이서 빨리 끝내도록 하지!"

'됐다!'

카이가 안도의 한숨을 내쉬었다. 일단 기사들이 크라포드에게 가는 최악의 상황은 막았기 때문이다.

물론 그 과정에서 놀 언데드 여섯 마리가 희생되었지만, 결과에 비하면 매우 싼 값이었다.

'그럼 지금부터 제대로 해보자고.'

두 명의 기사, 아니, 먹잇감을 눈앞에 둔 카이의 눈이 번뜩였다.

선공은 도베르였다. 그는 자신의 왼쪽 다리가 그 기능을 상실했고, 기동력이 떨어졌다는 사실을 빠르게 인지했다.

'그렇다면 내가 저 녀석의 발을 묶어놔야겠군.'

그 사이에 동료인 부르파가 놈의 목을 친다!

간단하지만 그만큼 효율적인 작전이었다.

쇄애애액!

수십 년간 검을 휘두른 기사의 검격이 카이를 향해 벼락처럼 떨어졌다.

카이의 수직 베기와는 비교도 할 수 없는 깔끔한 베기!

'하지만…….'

깔끔하다는 건 군더더기가 없다는 뜻이고, 그만큼 읽기가 쉽다는 뜻이다. 즉, 반응할 수만 있다면 피하는 건 생각보다 쉬운 공격이었다.

공격을 끝까지 주시한 카이는 왼발을 축으로 몸을 가볍게 돌리며 검을 회피했다.

그리고 이어지는 반격!

푸욱!

"크아악!"

이번에도 도베르의 무릎이었다. 그야말로 너덜너덜해진 다리를 질질 끌던 도베르가 욕지거리를 내뱉었다.

"이 새끼가 아까부터 왼쪽 다리만!"

"상대방의 약점을 노리는 건 전투의 기본 아닌가?"

"기사의 명예도 모르는 후안무치한……."

"사지근맥이 절단당한 남자를 미행하면서 그를 핍박하는 건 명예로운 기사가 할 짓이고?"

도베르의 개소리를 가볍게 무시한 카이는 제대로 서 있지조차 못 하는 그를 보면서 확신했다.

'후이 관장이 그랬지. 검술에서 가장 중요한 건 뿌리라고.'

그 뿌리가 의미하는 건 바로 단단한 두 다리다. 평지에서조차 중요한 것이 두 다리거늘, 이렇게 발이 푹푹 빠지는 모래사장에서라면?

'아마 도베르는 이제 실력을 절반도 내지 못할 거야.'

무게 중심이 치우친 검만큼 피하기 쉬운 건 없으니까. 게다가 저 다리로 휘두르는 검이라고 해봤자 위력도 볼품없을 것이다.

판단을 마친 카이는 곧장 앞으로 몸을 날려 모래사장을 굴렀다.

파아악!

"쥐새끼 같은 놈!"

이 싸움은 1 대 2로 이루어진 불공평한 싸움!

카이는 도베르를 상대하면서도 등 뒤로 다가오는 부르파의 움직임을 놓치지 않았다.

애초에 불리한 싸움이니만큼, 평소 실력 이상을 발휘해야 겨우 이길 수 있는 상황이다.

'저들에 비해 내 레벨이 한참이나 모자라지만…… 신성 폭발을 사용하면 잠깐이나마 우세를 점할 수 있어.'

모든 스탯이 30씩 상승하는 신성 폭발은, 스페셜 칭호인 글렌데일의 성자와 놀라운 시너지를 일으켰다.

'글렌데일의 성자는 신성력을 사용한 모든 스킬의 효과를 10%나 상승시킨다.'

한 마디로 총 150 상승하던 스탯이, 글렌데일의 성자로 인해 무려 165나 상승한다는 소리였다.

'그렇다면 신성 폭발이 지속되는 동안에는 녀석들에게 꿀릴 이유는 없어.'

체력도 말도 안 되게 늘어나고, 공격력과 속도, 하다못해 회피율까지 대폭 상승한다. 그 사실에 자신감을 얻은 카이는 자리에서 일어나며 모래를 털었다.

'그럼 이제 내가 해야 할 일은, 녀석들의 목적의식을 흩트려 놓는 것.'

카이는 상대방의 목을 천천히 졸라 죽이는 페르메의 독을 모두 소비한 상태였다. 하지만 그럼에도 불구하고 카이는 자신이 있었다. 자신의 몸에서 떨어지는 모래가 두 눈에 들어왔기 때문이다.

'독이 없으면 만들면 되지.'

부르파와 도베르는 자신들에게 천천히 다가오는 모험가를 보며 어이없다는 표정을 지었다.

"하, 기사를 상대로 근접전이라고?"

"미쳤나 보군."

이는 명백하게 기사인 자신들을 무시한 처사!

머리끝까지 화가 난 그들은 오만한 모험가를 단숨에 요절낼 생각으로 검을 휘둘렀다.

일반적인 병사나 모험가들이 배우는 검과는 차원이 다른,

난해한 검술!

서걱, 서걱, 서걱!

제아무리 눈이 좋고 반사신경이 뛰어난 카이라지만, 처음 보는 상승 검술을 완벽하게 피해내는 건 불가능했다. 카이의 방어구 내구도가 순식간에 깎여나가고, 몸에는 생채기가 늘어났다.

'하지만 버틴다!'

두 팔을 올려 급소를 방어한 카이는 가만히 서서 얻어맞으면서도 그들을 도발했다.

"잘난 기사의 검술이 고작 이 정도라니, 실망이군!"

"죽고 나서도 그런 말을 할 수 있는지 지켜보지!"

"그리고 그쪽은 몇 대 얻어맞더니, 검 휘두르는 법도 까먹었나?"

"흥, 내 검술에 반응도 못 하는 허접한 쓰레기 놈이 입만 살았구나!"

부르파와 도베르의 검이 한층 더 빨라졌다. 이 정도 속도는 사실 그들로서도 무리를 한 것이었다. 하지만 모험가가 상처를 입으면서도 꿋꿋하게 버티는 걸 보자 오기가 치솟았다.

"더럽게 간지럽네, 좀 시원하게 긁어봐라!"

중간중간 예고 없이 훅 들어오는 근본 없는 도발까지!

"후욱, 후욱."

"허억, 허억."

10분 동안 미친 듯이 검을 휘두른 그들은 그제야 뭔가 이상하다는 것을 눈치챘다.

'이 모험가 녀석, 대체 왜 쓰러지지 않는 거지?'

'이미 공격을 수십 번이나 적중시켰는데?'

그들의 공격은 정확히 들어간 것만 따져도 세 자릿수!

일반적인 상황이라면 죽어도 몇 번은 죽어야 했다.

'그런데 대체 왜……?'

그들이 알 수 없는 위험을 느낄 때, 연신 방어만 해오던 카이가 두 팔을 슬그머니 내렸다.

"벌써 지쳤어?"

"웃기는 소리, 고작 이 정도로 지칠 리……."

"없…… 을 텐데?"

코웃음을 치려던 부르파와 도베르는 몸의 상태를 확인하고는 깜짝 놀랐다.

'모, 몸이 왜 이렇게 무겁지?'

'숨이 턱 끝까지 차올랐다! 심장이 너무 빨리 뛰고 있어!'

평소에 연무장에서 훈련하면 1시간을 내리 검을 휘둘러야 숨이 찰 정도였다. 물론 조금 전에는 다소 무리를 해서 검을 휘둘렀다지만, 그래 봐야 고작 10분이었다.

이 상황을 받아들이지 못한 그들은 두 눈을 크게 뜨며 카이를 노려봤다.

"대체 우리에게 무슨 짓을 한 거냐!"

"내가 하긴 뭘 해."

태연스럽게 대꾸한 카이는 자신의 옆에 원기 회복의 샘을 설치했다.

[1초마다 생명력이 회복됩니다.]

[1초마다 스테미너가 회복됩니다.]

카이는 조금씩 차오르는 생명력과 스테미너를 확인하고는 그들을 쳐다봤다.

"검을 휘두른 건 너희들이잖아, 그것도 발이 푹푹 빠지는 이 모래사장에서."

"뭐? 이곳이 모래사장이라는 건 당연히 알고 있……."

"아니, 몰랐을걸?"

카이가 기사들을 놀리듯 말했다.

사람은 적응의 동물이다. 만약 자신이 저들과 함께 신나게 뛰어다니면서 싸웠다면, 그들은 이곳이 모래사장임을 인지하고 체력을 비축하며 조심스럽게 싸웠을 것이다.

'그래서 난 아예 제자리에서 공격을 맞아주고만 있었지.'

그것도 계속해서 도발하면서 그들의 이성을 절묘하게 끊어놓기까지!

부르파와 도베르는 공격에 반응조차 못 하는 카이를 비웃었지만, 그 부분이 오히려 그들의 목을 조르고 있었던 것이었다.

'자신이 어디에 서 있는지도 까먹을 정도로 말이지.'

두 다리를 멈춘 채 카이만 후드려 패던 녀석들은, 이곳이 어떤 장소인지 신경조차 쓰지 못했을 것이다.

물론 신경을 쓰지 않는다고 해서, 밟고 있는 곳이 단단한 땅이 아닌 모래라는 사실은 뒤바뀌지 않는다.

'아마 검을 한 번 휘두르는 데도 힘이 몇 배는 더 들었을 테지.'

게다가 결정적으로 카이에게는 회복 스킬이 있었다.

결국 기사들은 체력만 잔뜩 낭비한 셈!

검을 늘어뜨린 카이가 천천히 그들에게 다가갔다.

"신성 폭발, 칼날 쇄도."

맹수가 감춰놓았던 송곳니를 드러내며 먹잇감을 향해 날듯 뛰어들었다.

파아아악!

하늘을 수놓는 모래 더미!

그 모래들이 땅에 떨어지기도 전에, 카이의 검은 기사들을 훑고 지나갔다.

까앙, 까앙!

"역시 단단하네, 풀 플레이트 메일."

"……!"

그야말로 눈뜨고 코가 베이는 기분!

당연하지만 카이는 이 한 번으로 공격을 끝낼 생각이 없다는 듯, 재차 검을 빼 들었다.

"다시 한번, 칼날 쇄도."

까앙, 까앙, 까앙, 까앙!

카이의 검이 미친 듯이 부르파와 도베르를 두드렸다. 그들은 저항을 해보려고 했지만, 정상적인 상태에서도 신성 폭발을 사용한 카이를 상대하는 건 힘들다. 하물며 체력이 방전된 지금에야, 그들은 카이의 손끝에서 놀아나는 인형밖에 되지 않았다.

'급소, 급소, 급소!'

카이는 집요하게 그들의 급소만을 노렸다. 그곳을 때리는 것이 대미지가 훨씬 잘 들어간다는 것을 알고 있었기 때문이다.

[치명타 발동! 1.5배의 추가 대미지를 입힙니다.]

[치명타…….]

…….

전투에 푹 빠진 카이는 그 메시지들을 신경조차 쓰지 않고 계속해서 검만 휘둘렀다.

그때였다.

띠링!

[뛰어난 집중력을 바탕으로 전투 중 적의 급소를 50번 이상 타격했습니다.]

[여명의 검법의 숙련도가 대폭 상승합니다.]

[여명의 검법의 랭크가 중급으로 상승합니다.]

'음?'

카이의 눈이 살짝 커졌다.

'여명의 검법이 중급 랭크로 올랐다고?'

기존에 초급 9레벨이었던 검술 스킬의 갑작스러운 변화!

순식간에 두 기사와 거리를 벌린 카이는 스킬 정보를 확인했다.

[중급 여명의 검법 LV.1 Passive]

검으로 공격할 시 적에게 공격력의 200% 대미지를 준다.

적을 공격할 시 추가 신성 대미지를 준다. 추가 신성 대미지는 신성 스탯의 영향을 받는다.

숙련도 0/100

"……!"

검술 스킬이 중급 랭크가 되면서 개방된 추가 능력을 확인한 카이의 눈이 휘둥그레졌다.

'신성 스탯에 비례한 추가 신성 대미지라고? 만약 이게 효율이 좋다면…….'

앞으로 힘과 신성 스탯을 병행해서 찍어야 할 수도 있다.

카이는 부웅부웅, 한층 부드러워진 움직임으로 검을 휘두르며 눈앞의 기사들을 쳐다봤다.

'우선 시험부터 해보자.'

결투 상대에서 순식간에 시험 상대로 전락한 부르파와 도베르!

하지만 그들도 어느 정도 체력을 비축했기에 얌전히 당할 생각은 없었다.

'대충 저 녀석의 공격 패턴은 파악했다.'

'공격도 생각보다 날카롭지 않아.'

카이가 달려들자 두 명의 기사가 검을 세워 자세를 바로잡았다.

"흐읍!"

두 기사의 검은 각각 카이의 심장과 머리를 노렸다. 그 공격의 궤적을 끝까지 주시하던 카이의 신형이 갑자기 바닥으로 꺼졌다.

뽀드드득!

꺼진 몸이 모래사장의 울퉁불퉁한 지면을 밟는 순간, 몸의 무게 중심이 절묘하게 뒤흔들렸다.

반사적으로 몸의 밸런스를 완벽하게 수복하는 괴물 같은 솜씨!

낮은 자세에서 용수철처럼 튀어 오르는 카이의 자세는 그야말로 완벽했다. 완벽한 자세에서 발휘되는 완벽한 검술!

서걱!

카이의 검날이 눈 깜짝할 사이에 도베르의 목젖을 스치고 지나갔다.

눈앞의 상황을 믿을 수 없던 도베르는 눈을 크게 뜨며 피를 토해냈다.

"쿠웨엑!"

도베르는 물론이고 카이도 크게 놀란 상태였다.

'자, 잠깐만. 노말 등급 검술이 랭크 업 한 번 했다고 이렇게 강해지나?'

체감상 1.5배는 강해진 것 같은 공격력!

카이는 황급히 스킬창을 펼쳐 검술의 정보를 상세한 곳까지 확인했다.

[중급 여명의 검법 LV. 1 Passive]

등급 : 레어

……

"레어…… 등급?"

카이의 입이 멍하니 벌어졌다.

'내가 스킬을 처음 배울 때는 분명히 노말 등급이었어.'

후이 관장에게 받았던 책은 너덜너덜했고, 은은한 잿빛을 내고 있었다. 무엇보다 몇 번이나 꼼꼼하게 살펴봤던 스킬이었기에 확신할 수 있었다.

'그렇다면 중급 랭크로 올라오면서 등급도 함께 상승한 거야.'

등급이 함께 성장하는 스킬!

카이로서는 들어본 적도 없는 기괴한 스킬이었다. 하지만 동시에 납득이 되었다.

"그래……. 패트릭이 남긴 검술이면 이 정도는 되어야지."

멋있는 이름에 비해 능력치가 너무 구려서 솔직히 이상하다고 생각을 하기는 했다.

그런데 설마 이런 비밀이 숨겨져 있을 줄이야!

안 그래도 괴물 같던 녀석이 더욱 날카로운 발톱을 손에 넣었다. 그 사실을 인지한 순간, 부르파와 도베르의 얼굴은 시꺼멓게 죽었다.

[아쿠에리아 기사 부르파를 처치했습니다.]

[아쿠에리아 기사 도베르를 처치했습니다.]

[바리탄 남작이 이 사실을 알게 될 시 적대 상태가 되며, 현상금이 붙습니다.]

[레벨이 올랐습니다.]

[레벨이 올랐습니다.]

[스탯 포인트를 10개 획득합니다.]

"좋아."

드디어 앞자리가 7로 시작하는 레벨이 되었다.

카이는 진지하게 고민에 빠졌다.

'여명의 검법의 효율이 너무 좋아졌다. 어떻게 하지?'

현재 카이의 신성 스탯은 총 259!

솔직히 카이가 힘을 찍으면서 포기한 부분이 아예 없었던 것은 아니었다.

'우선 힐의 양이 늘어나지 않는다는 점. 그리고 홀리 익스플로전의 파괴력이 처음 그대로라는 것이었지.'

게다가 신성 폭발의 유지 시간이 항상 똑같다는 것도 요즘은 답답했었다.

하지만 이번에 여명의 검법이 중급 랭크로 상승하면서 신성 스탯을 찍어도 대미지가 올라가는 길이 열렸다.

'그렇다면 신성 스탯도 함께 찍는 게 무조건 이득이긴 한데…… 비율을 어떻게 맞출까?'

공격력 상승만을 보면 사실 힘을 찍는 게 신성 스탯을 찍는 것보다 더 나았다. 하지만 신성 스탯을 찍으면 잡다한 부가 효과가 따라온다. 두 스탯의 장단점을 따져보던 카이는 결론을 내렸다.

'레벨을 오를 때마다 힘 3, 신성 2. 이런 식으로 찍자.'

고심 끝에 내린 결론은 힘에 약간 더 무게를 실어주자는 것이었다. 신성 스탯은 당장 몇 개 더 찍어봤자 눈에 띄는 차이를 기대하기가 어려웠기 때문이다.

[견습 기사의 롱소드]

등급 : 매직

공격력 82~115

힘 +5

민첩 +3

작용 제한 : 레벨 100, 기사 클레스, 힘 130.

내구도 81/100

설명 : 기사 서임을 받은 견습 기사에게 지급되는 라시온 왕국 공방의 롱소드 입니다.

아이템 파밍까지 끝낸 카이는 크라포드에게 다가갔다.

피리를 한참이나 부른 그는 모래사장에 우두커니 서서 바다를 쳐다보고 있었다.

'뭐지? 엘레느가 결국 찾아오지 않은 건가?'

카이의 얼굴 위로 안타까운 감정이 스쳐 지나갈 때였다.

"엘…… 레느……."

크라포드의 부들부들 떨리는 입술 사이에서 물기 젖은 목소리가 새어 나왔다. 동시에 저 멀리에서 무언가가 빠른 속도로 바다를 가르며 다가왔다.

적당히 햇빛에 그을려서 건강해 보이는 갈색 피부, 가슴 부근을 가린 거대한 조개!

무엇보다 인상에 남는 건 명치 아래로 두 다리 대신, 지느러미가 달려 있다는 것이었다.

"아아, 크라포드, 크라포드, 크라포드!"

순식간에 바다를 헤엄쳐온 엘레느는 싱싱한 날치처럼 튀어오르며 크라포드의 품속으로 파고들었다.

그녀가 물 밖으로 나오는 순간, 지느러미는 순식간에 사람의 다리처럼 변하더니 미역으로 만들어진 듯한 반바지가 입혀졌다.

"엘레느……!"

20년간 그리워하던 연인을 품에 안은 크라포드가 눈물을 흘렸다. 그 모습을 올려다보던 엘레느는 자신도 울음을 터뜨리면서 그를 탓했다.

"뭐예요, 못 보는 사이에 울보가 다 되셨잖아요."

"……그대는 못 보는 사이에도 더 예뻐졌군."

"그러는 크라포드 님도 더 잘생겨지셨는걸요."

서로를 애틋한 눈으로 바라보던 그들의 입이 천천히 포개어졌다.

그 모습을 지켜보던 카이의 입가로 흐뭇한 미소가 찾아들었다.

'그래, 서로를 사랑하고, 위하는 이들을 기다리는 엔딩은 이래야 제맛이지!'

정말 다행이다.

그런 생각을 하며 카이가 두 눈을 지그시 감는 순간, 폭포수처럼 메시지가 쏟아졌다.

띠링!

[20년 동안 서로를 단 한시도 서로를 잊지 않던 엘레느와 크라포드가 드디어 재회했습니다. 당신의 선행은 두 사람을 앞에 놓

여 있던 비극적인 결말을 행복하게 바꾸어놓았습니다. 종족을 초월한 아름다운 사랑에 태양신 헬릭은 눈물을 흘리며 당신을 치하합니다.]

[사랑을 속삭이는 음유시인들이 엘레느와 크라포드, 그리고 그들을 이어준 모험가 카이의 이야기를 동화로 만들어 노래하기 시작합니다. 명성이 3,000 상승합니다.]

[태양교의 공헌도가 800 증가합니다.]

[태양교의 전파 속도가 10% 빨라집니다. 서로의 영원한 사랑을 확인하고 싶은 이들은 지금부터 태양교 사제의 주례 아래에서 결혼식을 올릴 것입니다.]

[선행 스탯이 30 상승합니다.]

'……거, 신이라는 작자가 이런 일로 눈물까지 흘리나?'

피식 웃은 카이는 푸른 바다와 따스한 햇살이 축복하는 두 남녀를 흐뭇하게 쳐다보았다.

To Be Continued